昆明的雨季是明亮的、丰满的、使人动情的。城春草木深，孟夏草木长。昆明的雨季，是浓绿的。草木的枝叶水分都到了饱和状态，显示出过分的、近于夸张的旺盛。

青藤老屋离古屋接小青藤至屋外小院平垣循墙蟠曲盖是後未補植藤下有石砌小池即天池水颇清曾植泥

语言的目的是使人一看就明白，一听就记住。语言的唯一标准，是准确。

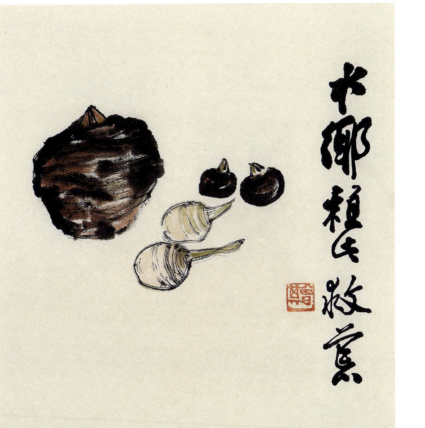

水鄉積□散葉

身边的风景

汪曾祺 著

山东画报出版社

图书在版编目（CIP）数据

身边的风景 / 汪曾祺著. — 济南：山东画报
出版社，2018.5
　（汪曾祺散文）
　ISBN 978-7-5474-2744-6

Ⅰ.①身… Ⅱ.①汪… Ⅲ.①散文集 – 中国 – 当代
Ⅳ.①I267

中国版本图书馆CIP数据核字(2018)第068382号

出 版 人　李文波
项目统筹　徐峙立
责任编辑　怀志霄
装帧设计　王　芳
主管部门　山东出版传媒股份有限公司
出版发行　山东画报出版社
　　　　社　　址　济南市经九路胜利大街39号　邮编 250001
　　　　电　　话　总编室（0531）82098470
　　　　　　　　　市场部（0531）82098479　82098476(传真)
　　　　网　　址　http://www.hbcbs.com.cn
　　　　电子信箱　hbcb@sdpress.com.cn
印　　刷　山东新华印务有限责任公司
规　　格　160毫米×230毫米
　　　　　4.25印张　24幅图　84千字
版　　次　2018年5月第1版
印　　次　2018年5月第1次印刷
印　　数　1–30000
定　　价　25.00元

　　　　如有印装质量问题，请与出版社总编室联系调换。
　　　　建议图书分类：文学

目　录

我的父亲

我父亲行三。我的祖母有时叫他的小名"三子"。他是阴历九月初九重阳节那天生的，故名菊生（我父亲那一辈生字排行，大伯父名广生，二伯父名常生），字淡如。他作画时有时也题别号：亚痴、灌园生……他在南京读过旧制中学。所谓旧制中学大概是十年一贯制的学堂。我见过他在学堂时用过的教科书，英文是纳氏文法，代数几何是线装的有光纸印的，还有"修身"什么的。他为什么没有升学，我不知道。"旧制中学生"也算是功名。他的这个"功名"我在我的继母的"铭旌"上见过，写的是扁宋体的泥金字，所以记得。什么是"铭旌"，看《红楼梦》贾府办秦可卿丧事那回就知道，我就不噜苏了。

我父亲年轻时是运动员。他在足球校队踢后卫。他是撑杆跳选手，曾在江苏全省运动会上拿过第一。他又是单杠选手。我还见过他在天王寺外边驻军所设置的单杠上表演过空中大回环两周，这在当时是少见的。他练过武术，腿上带过铁砂袋。练过拳，练过刀、枪。我见他施展过一次武功，我初中毕业后，他陪我到外地去投考高中，在小轮船上，一个初来的侦缉队以检查为名勒索乘客的钱财。我父亲一掌，把他打得一溜跟头，从船上退过跳板，一屁股坐在码头上。我父亲平常温文尔雅，我还没见过他动手打人，而且，真有两下子！我父亲会骑马。南京马场有一匹劣马，咬人，没人敢碰它，平常都用一截粗竹筒套住它的嘴。我父亲偷偷解开缰绳，一骗腿骑了上去。一趟马道子跑下来，这马老实了。父亲还会游泳，水性很好。这些，我都不知道他是什么时候学的。

从南京回来后，他玩过一个时期乐器。他到苏州去了一趟，买回来好些乐器，笙箫管笛、琵琶、月琴、拉秦腔的板胡、扬琴，甚至还有大小唢呐。唢呐我从未见他吹过。这东西吵人，除了吹鼓手、戏班子，一般玩乐器人都不在家里吹。一把大唢呐、一把小唢呐（海笛）一直放在他的画室柜橱的抽屉里。我们孩子们有时翻出来玩。没有哨子，吹不响，只好把铜嘴含在嘴里，自己呜呜作声，不好玩！他的一支洞箫、一支笛子，都是少见的上品。洞箫箫管很细，外皮作殷红色，很有年头了。笛子不是缠丝涂了一节一节黑漆的，是整个笛管擦了荸荠紫漆的，比常见的笛子管粗。箫声幽远，笛声圆润。我这辈子吹过的箫笛无出其右者。这两支箫笛不是从乐器店里买的，是花了大价钱从私人手里买的。他的琵琶是很好的，但是拿去和一个理发店里换了。他拿回理发店的那面琵琶又脏又旧、油里咕叽的。我问他为什么要换了这么一面脏琵琶回来，他说："这面琵琶声音好！"理发店用一面旧琵琶换了他的几乎是全新的琵琶，当然乐意。不论什么乐器，他听听别人演奏，看看指法，就能学会。他弹过一阵古琴，说：都说古琴很难，其实没有什么。我的一个远房舅舅，有一把一个法国神父送他的小提琴，我父亲跟他借回来，鼓秋鼓秋，几天工夫，就能拉出曲子来，据我父亲说：乐器里最难，最要功夫的，是胡琴。别看它只有两根弦，很简单，越是简单的东西越不好弄。他拉的胡琴我拉不了，弓子硬，马尾多，滴的松香很厚，松香拉出一道很窄的深槽，我一拉，马尾就跑到深槽的外面来了。父亲不在家的时候我有时使劲拉一小段，我父亲一看松香就知道我动过他的胡琴了。他后来不大摆弄别的乐器了，只有胡琴是一直拉着的。

摒挡丝竹以后，父亲大部分时间用于画画和刻图章，他画画并无真正的师承，只有几个画友。画友中过从较密的是铁桥，是一个和尚，善因寺的方丈。我写的小说《受戒》里的石桥，就是以他为原型的。铁桥曾在苏州邓尉山一个庙里住过，他作画有时下款题为"邓尉山僧"。我父亲第二次结婚，娶我的第一个继母，新房里就挂了铁桥的一个条幅，泥金纸，上角画了几枝桃花，两只燕子，款题"淡如仁兄嘉礼弟铁桥写贺"。在新房里挂一幅和尚的画，我的父亲可谓全无禁忌；这位和尚和俗人称兄道弟，也真是不拘礼法。我上小学的时候，就觉得他们有点"胡来"。这条画的两边还配了我的一个舅舅写的一幅虎皮宣的对子："蝶欲试花犹护粉，莺初学啭尚羞簧。"我后来懂得对联的意思了，觉得实在很不像话！铁桥能画，也能写。他的字写石鼓，画法任伯年。根据我的印象，都是相当有功力的。我父亲和铁桥常来往，画风却没有怎么受他的影响。也画过一阵工笔花卉。我们那里的画家有一种理论，画画要从工笔入手，也许是有道理的。扬州有一位专画菊花的画家，这位画家画菊按朵论价，每朵大洋一元。父亲求他画了一套菊谱，二尺见方的大册页。我有个姑太爷，也是画画的，说："像他那样的玩法，我们玩不起！"兴化有一位画家徐子兼，画猴子，也画工笔花卉。我父亲也请他画了一套册页。有一开画的是罂粟花，薄瓣透明，十分绚丽。一开是月季，题了两行字："春水蜜波为花写照。""春水""蜜波"是月季的两个品种，我觉得这名字起得很美，一直不忘。我见过父亲画工笔菊花，原来花头的颜色不是一次敷染，要"加"几道。扬州有菊花名种"晓色"，父亲说这种颜色最不好画。"晓色"，很空灵，不好捉摸。他画成了，我一看，是晓色！他后来改了画写意，用笔略似吴昌硕。照我看，我父亲的画是有功力的，但是"见"得少，没有行万里路，多识大家真迹，受了限制。他又不会做诗，题画多用前人陈句，故布局平稳，缺少创意。

父亲刻图章，初宗浙派，清秀规矩。他年轻时刻过一套

《陋室铭》印谱，有几方刻得不错，但是过于著意，很拘谨。有"兰带""折钉"，都是"做"出来的。有一方"草色入帘青"是双钩，我小时觉得很好看，稍大，即觉得纤巧小气。《陋室铭》印谱只是他初学刻印的成绩。三十多岁后，渐渐豪放，以治汉印为主。他有一套端方的《匋斋印存》，经常放在案头。有时也刻浙派小印。我记得他给一个朋友张仲陶刻过一块青田冻石小长方印，文曰"中匋"，实在漂亮。"中匋"两字也很好安排。

刻印的人多喜藏石。父亲的石头是相当多的，他最心爱的是三块田黄，我在小说《岁寒三友》中写的靳彝甫的三块田黄，实际上写的是我父亲的三块图章。

他盖章用的印泥是自己做的。用的是"大劈砂"，这是朱砂里最贵重的。大劈砂深紫色的，片状，制成印泥，鲜红夺目。他说见过一些明朝画，纸色已经灰暗，而印色鲜明不变。大劈砂盖的图章可以"隐指"，即用手指摸摸，印文是鼓出的。他的画室的书橱里摆了一列装在玻璃瓶的大劈砂和陈年的蓖麻子油，蓖麻油是调印色用的。

我父亲手很巧，而且总是活得很有兴致。他会做各种玩意。元宵节，他用通草（我们家开药店，可以选出很大片的通草）为瓣，用画牡丹的西洋红（西洋红很贵，齐白石作画，有一个时期，如用西洋红，是要加价的）染出深浅，做成一盏荷花灯，点了蜡烛，比真花还美。他用蝉翼笺染成浅绿，以铁丝为骨，做了一盏纺织娘灯，下安细竹棍。我和姐姐提了，举着这两盏灯上街，到邻居家串门，好多人围着看。清明节前，他糊风筝。有一年糊了一只蜈蚣（我们那里叫"百脚"），是绢糊的，他用药店里称麝香用的小戥子约蜈蚣两边的鸡毛——鸡毛必须一样重，否则上天就会打滚。他放这只蜈蚣不是用的一般线，是胡琴的老弦。我们那里用老弦放风筝的，家父实为第一人（用老弦放风筝，风筝可以笔直地飞上去，没有"肚子"）。他带了几个孩子在傅公桥麦田里放风筝。这时麦子尚未"起身"，是不怕踩的，越踩越旺。春服既成，惠风和畅，我父亲这个孩子头带着几个孩子，在碧绿的麦垄间奔跑呼叫，为乐如何？我想念我的父亲（我现在还常常梦见他），想念我的童年，虽然我现在是七十二岁，皤然一老了。夏天，他给我们糊养金铃子的盒子。他用钻石刀把玻璃裁成一小块一小块，再合拢，接缝处用皮纸糯糊固定，再加两道细蜡笺条，成了一只船、一座小亭子、一个八角玲珑玻璃球，里面养着金铃子。隔着玻璃，可以看到金铃子在里面爬，吃切成小块的梨，张开翅膀"叫"。秋天，买来拉秧的小西瓜，把瓜瓤掏空，在瓜皮上镂刻出很细致的图案，做成几盏西瓜灯，西瓜灯里点了蜡烛，洒下一片绿光，父亲鼓捣半天，就为让孩子高兴一晚上。我的童年是很美的。

我母亲死后，父亲给她糊了几箱子衣裳，单夹皮棉，四时不缺。他不知从哪里搜罗来各种颜色、矸出各种花样的纸。听我

的大姑妈说，他糊的皮衣跟真的一样，能分出滩羊、灰鼠。这些衣服我没看见过，但他用剩的色纸，我见过。我们用来折"手工"。有一种纸，银灰色，正像当时时兴的"慕本缎子"。

我父亲为人很随和，没架子。他时常周济穷人，参与一些有关公益的事情。因此在地方上人缘很好。民国二十年发大水，大街成了河。我每天看见他蹚着齐胸的水出去，手里横执了一根很粗的竹篙，穿一身直罗褂，他出去，主要是办赈济。我在小说《钓鱼的医生》里写王淡人有一次乘了船，在腰里系了铁链，让几个水性很好的船工也在腰里系了铁链，一头拴在王淡人的腰里，冒着生命危险，渡过激流，到一个被大水围困的孤村去为人治病，这写的实际是我父亲的事。不过他不是去为人治病，而是去送"华洋义赈会"发来的面饼（一种很厚的面饼，山东人叫"锅盔"）。这件事写进了地方上人送给我祖父的六十寿序里，我记得很清楚。

父亲后来以为人医眼为职业。眼科是汪家祖传。我的祖父、大伯父都会看眼科。我不知道父亲懂眼科医道。我十九岁离开家乡，离乡之前，我没见过他给人看眼睛。去年回乡，我的妹婿给我看了一册父亲手抄的眼科医书，字很工整，是他年轻时抄的。那么，他是在眼科上下过功夫的。听说他的医术还挺不错。有一邻居的孩子得了眼疾，双眼肿得像桃子，眼球红得像大红缎子。父亲看过，说不要紧。他叫孩子的父亲到阴城（一片乱葬坟场，很大，很野，据说韩世忠在这里打过仗）去捉两个大田螺来。父亲在田螺里倒进两管鹅翎眼药，两撮冰片，把田螺扣在孩子的眼睛上，过了一会田螺壳裂了。据那个孩子说，他睁开眼，看见天是绿的。孩子的眼好了，一生没有再犯过眼病。田螺治眼，我在任何医书上没看见过，也没听说过。

这个"孩子"现在还在，已经五十几岁了，是个理发师傅。去年我回家乡，从他的理发店门前经过，那天，他又把我父亲给他治眼的经过，向我的妹婿详细地叙述了一次。这位理发师傅希望我给他的理发店写一块招牌。当时我很忙，没有来得及给他写。我会给他写的，一两天就写了托人带去。

我父亲配制过一次眼药。这个配方现在还在，但是没有人配得起，要几十种贵重的药，包括冰片、麝香、熊胆、珍珠……珍珠要是人戴过的，父亲把祖母帽子上的几颗大珠子要了去。听我的第二个继母说，他制药极其虔诚，三天前就洗了澡（"斋戒沐浴"），一个人住在花园里，把三道门都关了，谁也不让去。

父亲很喜欢我。我母亲死后，他带着我睡。他说我半夜醒来就笑。那时我三岁（实年）。我到江阴去投考南菁中学，是他带着我去的。住在一个茶庄的栈房里，臭虫很多。他就点了一支蜡烛，见有臭虫，就用蜡烛油滴在它身上。第二天我醒来，看见席子上好多好多蜡烛油点子。我美美地睡了一夜，父亲一夜未睡。我在昆明时，他还在信封里用玻璃纸包了一小包"虾松"寄给我过。我父亲很会做菜，而且能别出心裁。我的祖父春天忽然想吃螃蟹，这时候哪里去找螃蟹？父亲就用瓜鱼（即水仙鱼），给他伪造了一盘螃蟹，据说吃起来跟真螃蟹一样。"虾松"是河虾剁成米粒大小，掺以小酱瓜丁，入温油炸透。我也吃过别人做的"虾松"，都比不上我父亲的手艺。

　　我很想念我的父亲，现在还常常做梦梦见他。我的那些梦本和他不相干，我梦里的那些事，他不可能在场，不知道怎么会搀和进来了。

一九九二年五月二十八日

载一九九二年第八期《作家》

我的母亲

　　我父亲结过三次婚。我的生母姓杨。我不知道她的学名。杨家不论男女都是排行的。我母亲那一辈"遵"字排行，我母亲应该叫杨遵什么。前年我写信问我的姐姐我们的母亲叫什么。姐姐回信说：叫"强四"。我觉得很奇怪，怎么叫这么个名呢？是小名么？也不大像。我知道我母亲不是行四。一个人怎么会连自己母亲的名字都不知道呢？因为我母亲活着的时候我太小了。

　　我三岁的时候，母亲就故去了。我对她一点印象都没有。她得的是肺病，病后即移住在一个叫"小房"的房间里，她也不让人把我抱去看她。我只记得我父亲用一个煤油箱自制了一个炉子。煤油箱横放着，有两个火口，可以同时为母亲熬粥，熬参汤、燕窝，另外还记得我父亲雇了一只船陪她到淮城去就医，我是随船去的。还记得小船中途停泊时，父亲在船头钓鱼，我记得船舱里挂了好多大头菜。我一直记得大头菜的气味。

　　我只能从母亲的画像看看她。据我的大姑妈说，这张像画得很像。画像上的母亲很瘦，眉尖微蹙。样子和我的姐姐很相似。

我母亲是读过书的。她病倒之前每天还写一张大字。我曾在我父亲的画室里找出一摞母亲写的大字，字写得很清秀。

前年我回家乡，见着一个老邻居，她记得我母亲。看见过我母亲在花园里看花——这家邻居和我们家的花园只隔一堵短墙。我母亲叫她"小新娘子"。"小新娘子，过来过来，给你一朵花戴。"我于是好像看见母亲在花园里看花，并且觉得她对邻居很和善。这位"小新娘子"已经是八十多岁的老太太了！

我还记得我母亲爱吃京冬菜。这东西我们家乡是没有的，是托做京官的亲戚带回来的，装在陶制的罐子里。

我母亲死后，她养病的那间"小房"锁了起来，里面堆放着她生前用的东西，全部嫁妆——"摆橱"、皮箱和铜火盆、朱漆的火盆架子……我的继母有时开锁进去，取一两样东西，我跟着进去看过。"小房"外面有一个小天井。靠南有一个秋叶形的小花台，花台上开了一些秋海棠。这些海棠自开自落，没人管它。花很伶仃，但是颜色很红。

我的第一个继母娘家姓张。她们家原来在张家庄住，是个乡下财主。后来在城里盖了房子，才搬进城来。房子是全新的，新砖，新瓦，油漆的颜色也都很新。没有什么花木，却有一片很大的桑园。我小时就觉得奇怪，又不养蚕，种那么多桑树做什么？桑树都长得很好，干粗叶大，是湖桑。

我的继母幼年丧母，她是跟姑妈长大的，姑妈家姓吴。继母的姑妈年轻守寡。她住的房子二梁上挂着一块匾，朱地金字，"松贞柏节"，下款是"大总统题"。这大总统不知是谁，是袁世凯，还是黎元洪？吴家家境不富裕，住的房子是张家的三间偏房。老姑奶奶有两个儿子，一个叫大和子，一个叫小和子。两个儿子都没上学校，念了几年私塾，专学珠算。同年龄的少年学"鸡兔同笼"，他们却每天打"归除""斤求两，两求斤"。他们是准备到钱庄去学生意的。

我的继母归宁，也到她的继母屋里坐坐，但大部分时间都在这三间偏房里和姑妈在一起。我父亲到老丈人那边应酬应酬，说些淡话，也都在"这边"陪姑妈闲聊。直到"那边"来请坐席了，才过去。

继母身体不好。她婚前咳嗽得很厉害，和我父亲拜堂时是服用了一种进口的杏仁露压住的。

她是长女，但是我的外公显然并不钟爱她。她的陪嫁妆奁是不丰的。她有时准备出门做客，才戴一点首饰。比较好的首饰是副翡翠耳环。有一次，她要带我们到外公家拜年，她打扮了一下，换了一件灰鼠的皮袄。我觉得她一定会冷。这样的天气，穿一件灰鼠皮袄怎么行呢？然而她只有一件皮袄。我忽然对我的继母产生一种说不出来的感情。我可怜她，也爱她。

后娘不好当。我的继母进门就遇到一个局面，"前房"（我的

生母）留下三个孩子：我姐姐，我，还有一个妹妹。这对于"后娘"当然会是沉重的负担。上有婆婆，中有大姑子、小姑子，还有一些亲戚邻居，她们都拿眼睛看着，拿耳朵听着。

也许我和娘（我们都叫继母为娘）有缘，娘很喜欢我。

她每次回娘家，都是吃了晚饭才回来。张家总是叫了两辆黄包车，姐姐和妹妹坐一辆，娘搂着我坐一辆。张家有个规矩（这规矩是很多人家都有的），姑娘回自己婆家，要给孩子手里拿两根点了的安息香。我于是拿着两根安息香，偎在娘怀里。黄包车慢慢地走着。两旁人家、店铺的影子向后移动着，我有点迷糊。闻着安息香的香味，我觉得很幸福。

小学一年级时，冬天，有一天放学回家，我大便急了，憋不住，拉在裤子里了（我记得我拉的屎是热腾腾的）。我兜着一裤兜屎，一扭一扭地回了家。我的继母一闻，二话没说，赶紧烧水，给我洗了屁股。她把我擦干净了，让我围着棉被坐着。接着就给我洗衬裤刷棉裤。她不但没有说我一句，连眉头都没有皱一下。

我妹妹长了头虱，娘煎了草药给她洗头，用篦子给她篦头发。张氏娘认识字，念过《女儿经》。《女儿经》有几个版本，她念过的那本，她从娘家带了过来，我看过。里面有这样的句子："张家长，李家短，别人的事情我不管。"她就是按照这一类道德规范做人的。她有时念经：《金刚经》《心经》《高王经》。

她是为她的姑妈念的。

她做的饭菜有些是乡下做法，比如番瓜（南瓜）熬面疙瘩、煮百合先用油炒一下。我觉得这样的吃法很怪。

她死于肺病。

我的第二个继母姓任。任家是邵伯大地主，庄园有几座大门，庄园外有壕沟吊桥。

我父亲是到邵伯结的婚。那年我已经十七岁，读高二了。父亲写信给我和姐姐，叫我们去参加他的婚礼。任家派一个长工推了一辆独轮车到邵伯码头来接我们。我和姐姐一人坐一边。我第一次坐这种独轮车，觉得很有趣。

我已经很大了，任氏娘对我们很客气，称呼我是"大少爷"。我十九岁离开家乡到昆明读大学。一九八六年回乡，这时娘才改口叫我"曾祺"——我这时已经六十六岁，也不是什么"少爷"了。

我对任氏娘很尊敬。因为她伴随我的父亲度过了漫长的很艰苦的沧桑岁月。

她今年八十六岁。

一九九二年七月十一日

载一九九三年第二期《作家》

我的家乡

法国人安妮·居里安女士听说我要到波士顿，特意退了机票，推迟了行期，希望和我见一面。她翻译过我的几篇小说。我们谈了约一个小时，她问了我一些问题。其中一个是，为什么我的小说里总有水？即使没有写到水，也有水的感觉。这个问题我以前没有意识到过。是这样。这是很自然的。我的家乡是一个水乡，我是在水边长大的，耳目之所接，无非是水。水影响了我的性格，也影响了我的作品的风格。

我的家乡高邮在京杭大运河的下面。我小时候常常到运河堤上去玩（我的家乡把运河堤叫做"上河堆"或"上河塇"。"塇"字一般字典上没有，可能是家乡人造出来的字，音淌。"堆"当是"堤"的声转）。我读的小学的西面是一片菜园，穿过菜园就是河堤。我的大姑妈（我们那里对姑妈有个很奇怪的叫法，叫"摆摆"，别处我从未听有此叫法）的家，出门西望，就看见爬上河堤的石级。这段河堤有石级，因此地名"御码头"，

康熙或乾隆曾在此泊舟登岸（据说御码头夏天没有蚊子）。运河是一条"悬河"，河底比东堤下的地面高，据说河堤和墙垛子一般高，站在河堤上，可以俯瞰堤下街道房屋。我们几个同学，可以指认哪一处的屋顶是谁家的。城外的孩子放风筝，风筝在我们脚下飘。城里人家养鸽子，鸽子飞起来，我们看到的是鸽子的背。几只野鸭子贴水飞向东，过了河堤，下面的人看见野鸭子飞得高高的。

我们看船。运河里有大船。上水的大船多撑篙。弄船的脱光了上身，使劲把篙子梢头顶上肩窝处，在船侧窄窄的舷板上，从船头一步一步走到船尾。然后拖着篙子走回船头，欻的一声把篙子投进水里，扎到河底，又顶着篙子，一步一步向船尾。如是往复不停。大船上用的船篙甚长而极粗，篙头如饭碗大，有锋利的铁尖。使篙的通常是两个人，船左右舷各一个；有时只一个人，在一边。这条船的水程，实际上是他们用脚一步一步走出来的。这种船多是重载，船帮吃水甚低，几乎要漫到船上来。这些撑篙男人都极精壮，浑身作古铜色。他们是不说话的，大都眉棱很高，眉毛很重。因为长年注视着流动的水，故目光清明坚定。这些大船常有一个舵楼，住着船老板的家眷。船老板娘子大都很年轻，一边扳舵，一边敞开怀奶孩子，态度悠然。舵楼大都伸出一支竹竿，晾晒着衣裤，风吹着啪啪作响。

看打鱼。在运河里打鱼的多用鱼鹰。一般都是两条船，一船八只鱼鹰。有时也会有三条、四条，排成阵势。鱼鹰栖在木架上，精神抖擞，如同临战状态。打鱼人把篙子一挥，这些鱼鹰就劈劈啪啪，纷纷跃进水里。只见它们一个猛子扎下去，眨眼工夫，有的就叼了一条鳜鱼上来——鱼鹰似乎专逮鳜鱼。打鱼人解开鱼鹰脖子上的金属的箍（鱼鹰脖子上都有一道箍，否则它就会把逮到的鱼吞下去），把鳜鱼扔进船里，奖给它一条小鱼，它就高高兴兴、心甘情愿地转身又跳进水里去了。有时两只鱼鹰合力抬起一条大鳜鱼上来，鳜鱼还在挣蹦，打鱼人已经一手捞住了。这条鳜鱼够四斤！这真是一个热闹场面。看打鱼的、鱼鹰都很兴奋激动，倒是打鱼人显得十分冷静，不动声色。

远远地听见嘣嘣嘣嘣的响声，那是在修船、造船。嘣嘣的声音是斧头往船板上敲钉。船体是空的，故声音传得很远。待修的船翻扣过来，底朝上。这只船辛苦了很久，它累了，它正在休息。一只新船造好了，油了桐油，过两天就要下水了。看看崭新的船，叫人心里高兴——生活是充满希望的。船场附近照例有打船钉的铁匠炉，丁丁当当。有碾石粉的碾子，石粉是填船缝用的。有卖牛杂碎的摊子。卖牛杂碎的是山东人。这种摊子上还卖锅盔（一种很厚很大的面饼）。

我们有时到西堤去玩。我们那里的人都叫它西湖，湖很大，一眼望不到边，很奇怪，我竟没有在湖上坐过一次船。湖西是还有一些村镇的。我知道一个地名，菱塘桥，想必是个大镇子。我

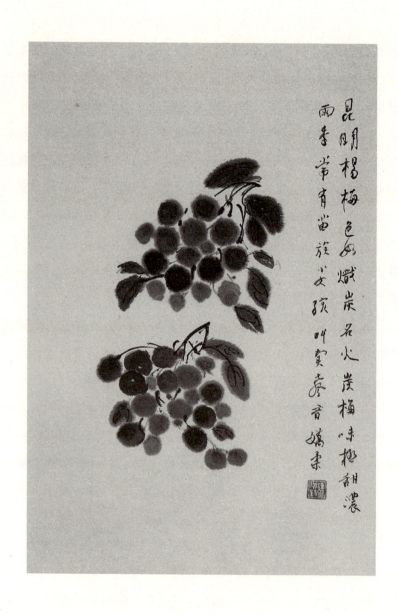

昆明杨梅色深黑黯炭名火炭梅味极甜浓雨季常有当旅久人孩叫寶春音嬌柔

喜欢菱塘桥这个地名，引起我的向往，但我不知道菱塘桥是什么样子。湖东有的村子，到夏天，就把耕牛送到湖西去歇伏。我所住的东大街上，那几天就不断有成队的水牛在大街上慢慢地走过。牛过后，留下很大的一堆一堆牛屎。听说是湖西凉快，而且湖西有茭草，牛吃了会消除劳乏，恢复健壮。我于是想象湖西是一片碧绿碧绿茭草。

高邮湖中，曾有神珠。沈括《梦溪笔谈》载：

嘉祐中，扬州有一珠甚大，天晦多见。初出于天长县陂泽中，后转入甓社湖，又后乃在新开湖中，凡十余年，居民行人常常见之。余友人书斋在湖上，一夜忽见其珠甚近，初微开其房，光自吻中出，如横一金线，俄顷忽张壳，其大如半席，壳中白光如银，珠大如拳，灿然不可正视，十余里间林木皆有影，如初日所照，远处但见天赤如野火，倏然远去，其行如飞，浮于波中，杳杳如日。古有明月之珠，此珠色不类月，荧荧有芒焰，殆类日光。崔伯易尝为《明珠赋》。伯易高邮人，盖常见之。近岁不复出，不知所往，樊良镇正当珠往来处，行人至此，往往维船数宵以待现。名其亭为"玩珠"。

这就是"秦邮八景"的第一景"甓射珠光"。沈括是很严肃的学者，所言凿凿，又生动细微，似乎不容怀疑。这是个什么东西呢？是一颗大珠子？嘉祐到现在也才九百多年，已经不可究诘了。高邮湖亦称珠湖，以此。我小时学刻图章，第一块刻的就是"珠湖人"，是一块肉红色的长方形图章。

湖通常是平静的，透明的。这样一片大水，浩浩淼淼（湖上常常没有一只船），让人觉得有些荒凉，有些寂寞，有些神秘。

黄昏了。湖上的蓝天渐渐变成浅黄，桔黄，又渐渐变成紫色，很深很深的紫色。这种紫色使人深深感动。我永远忘不了这样的紫色的长天。

闻到一阵阵炊烟的香味，停泊在御码头一带的船上正在烧饭。

一个女人高亮而悠长的声音：

"二丫头……回来吃晚饭来……"

像我的老师沈从文常爱说的那样，这一切真是一个圣境。

高邮湖也是一个悬湖。湖面，甚至有的地方的湖底，比运河东面的地面都高。

湖是悬湖，河是悬河，我的家乡遂处在大水的威胁之中。翻开县志，水灾接连不断。我所经历过的最大的一次水灾，是民国二十年。

这次水灾是全国性的。事前已经有了很多征兆。连降大雨，西湖水位增高，运河水平了漕，坐在河堤上可以"踢水洗脚"。有许多很"瘆人"的不祥的现象。天王寺前，虾蟆爬在柳树顶上叫。老人们说：虾蟆在多高的地方叫，大水就会涨得多高。我们在家里的天井里躺在竹床上乘凉，忽然拨刺一声，从阴沟里蹦出一条大鱼！运河堤上，龙王庙里香烛昼夜不熄。七公殿也是这样。大风雨的黑夜里，人们说是看见"耿庙神灯"了。耿七公是有这个人的，生前为人治病施药，风雨之夜，他就在家门前高旗杆上挂起一串红灯，在黑暗的湖里打转的船，奋力向红灯划去，就能平安到岸。他死后，红灯还常在浓云密雨中出现，这就是耿庙神灯——"秦邮八景"中的一景。耿七公是渔民和船民的保护神，渔民称之为七公老爷，渔民每年要做会，谓之七公会。神灯是美丽的，但同时也给人一种神秘的恐怖感。阴历七月，西风大作。店铺都预备了高挑灯笼——长竹柄，一头用火烤弯如钩状，上悬一个灯笼，轮流值夜巡堤。告警锣声不绝。本来平静的水变得暴怒了。一个浪头翻上来，会把东堤石工的丈把长的青石掀起来。看来堤是保不住了。终于，我记得是七月十三（可能记错），倒了口子。我们那里把决堤叫做倒口子。西堤四处，东堤六处。湖水涌入运河，运河水直灌堤东。顷刻之间，高邮成为泽国。

我们家住进了竺家巷一个茶馆的楼上（同时搬到茶馆楼上的还有几家），巷口外的东大街成了一条河，"河"里翻滚着箱箱柜柜，死猪死牛。"河"里行了船。会水的船家各处去救人（很多人家爬在屋顶上、树上）。

约一星期后，水退了。

水退了，很多人家的墙壁上留下了水印，高及屋檐。很奇怪，水印怎么擦洗也擦洗不掉。全县粮食几乎颗粒无收。我们这样的人家还不至挨饿，但是没有菜吃。老是吃慈姑汤，很难吃。比慈姑汤还要难吃的是芋头梗子做的汤。日本人爱喝芋梗汤，我觉得真不可理解。大水之后，百物皆一时生长不出，唯有慈姑芋头却是丰收！我在小学的教务处地上发现几个特大的蚂蟥，缩成一团，有拳头大，踩也踩不破！

我小时候，从早到晚，一天没有看见河水的日子，几乎没有。我上小学，倘不走东大街而走后街，是沿河走的。上初中，如果不从城里走，走东门外，则是沿着护城河。出我家所在的巷子南头，是越塘。出巷北，往东不远，就是大淖。我在小说《异秉》中所写的老朱，每天要到大淖去挑水，我就跟着他一起去玩。老朱真是个忠心耿耿的人，我很敬重他。他下水把水桶弄满（他两腿都是筋疙瘩——静脉曲张），我就拣选平薄的瓦片打水漂。我到一沟、二沟、三垛，都是坐船。到我的小说《受戒》所写的庵赵庄去，也是坐船。我第一次离家乡去外地读高中，也是坐船——轮船。

水乡极富水产。鱼之类，乡人所重者为鳊、白、鮅（鮅花鱼即鳜鱼）。虾有青白两种。青虾宜炒虾仁，呛虾（活虾酒醉生吃）则用白虾。小鱼小虾，比青菜便宜，是小户人家佐餐的恩物。小鱼有名"罗汉狗子""猫杀子"者，很好吃。高邮湖蟹甚佳，以做醉蟹，尤美。高邮的大麻鸭是名种。我们那里八月中秋兴吃鸭，馈送节礼必有公母鸭成对。大麻鸭很能生蛋，腌制后即为著名的高邮咸蛋。高邮鸭蛋双黄者甚多。江浙一带人见面问起我的籍贯，答云高邮，多肃然起敬，曰："你们那里出咸鸭蛋。"好像我们那里就只出咸鸭蛋似的！

我的家乡不只出咸鸭蛋，我们还出过秦少游，出过散曲作家王磐，出过经学大师王念孙、王引之父子。

县里的名胜古迹最出名的是文游台。这是秦少游、苏东坡、孙莘老、王定国文酒游会之所。台基在东山（一座土山）上，登台四望，眼界空阔。我小时常凭栏看西面运河的船帆露着半截，在密密的杨柳梢头后面，缓缓移过，觉得非常美。有一座镇国寺塔，是个唐塔，方形。这座塔原在陆上，运河拓宽后，为了保存这座塔，留下塔的周围的土地，成了运河当中的一个小岛。镇国寺我小时还去玩过，是个不大的寺。寺门外有一堵紫色的石制的照壁，这堵照壁向前倾斜，却不倒。照壁上刻着海水，故名水照壁。寺内还有一尊肉身菩萨的坐像，是一个和尚坐化后漆成的。寺不知毁于何时。另外还有一座净土寺塔，明代修建。我们小时候记不住什么镇国寺、净土寺，因其一在西门，名之为西门宝塔；一在东门，便叫它东门宝塔。老百姓都是这么叫的。

全国以邮字为地名的，似只高邮一县。为什么叫做高邮？因为秦始皇曾在高处建邮亭。高邮是秦王子婴的封地，至今还有一条河叫子婴河，旧有子婴庙，今不存。高邮为秦代始建，故又名秦邮。外地人或以为这跟秦少游有什么关系，没有。

载一九九一年第十期《作家》

闻一多先生上课

闻先生性格强烈坚毅。日寇南侵，清华、北大、南开合成临时大学，在长沙少驻，后改为西南联合大学，将往云南。一部分师生组成步行团，闻先生参加步行，万里长征，他把胡子留了起来，声言：抗战不胜，誓不剃须。他的胡子只有下巴上有，是所谓"山羊胡子"，而上髭浓黑，近似一字。他的嘴唇稍薄微扁，目光灼灼。有一张闻先生的木刻像，回头侧身，口衔烟斗，用炽热而又严冷的目光审视着现实，很能表达闻先生的内心世界。

联大到云南后，先在蒙自呆了一年。闻先生还在专心治学，把自己整天关在图书馆里。图书馆在楼上。那时不少教授爱起斋名，如朱自清先生的斋名叫"贤于博弈斋"，魏建功先生的书斋叫"学无不暇"，有一位教授戏赠闻先生一个斋主的名称："何妨一下楼主人。"因为闻先生总不下楼。

西南联大校舍安排停当，学校即迁至昆明。

我在读西南联大时，闻先生先后开过三门课：楚辞、唐诗、古代神话。

楚辞班人不多。闻先生点燃烟斗，我们能抽烟的也点着了烟（闻先生的课可以抽烟的），闻先生打开笔记，开讲："痛饮酒，熟读《离骚》，乃可以为名士。"闻先生的笔记本很大，长一尺有半，宽近一尺，是写在特制的毛边纸稿纸上的。字是正楷，字体略长，一笔不苟。他写字有一特点，是爱用秃笔。别人用过的废笔，他都收集起来，秃笔写篆楷蝇头小字，真是一个功夫。我跟闻先生读一年楚辞，真读懂的只有两句"袅袅兮秋风，洞庭波兮木叶下"。也许还可加上几句："成礼兮会鼓，传葩兮代舞，春兰兮秋菊，长毋绝兮终古。"

闻先生教古代神话，非常"叫座"。不单是中文系的、文学院的学生来听讲，连理学院、工学院的同学也来听。工学院在拓东路，文学院在大西门，听一堂课得穿过整整一座昆明城。闻先生讲课"图文并茂"。他用整张的毛边纸墨画出伏羲、女娲的各种画像，用按钉钉在黑板上，口讲指画，有声有色，条理严密，文采斐然，高低抑扬，引人入胜。闻先生是一个好演员。伏羲女娲，本来是相当枯燥的课题，但听闻先生讲课让人感到一种美，思想的美，逻辑的美，才华的美。听这样的课，穿一座城，也值得。

能够像闻先生那样讲唐诗的，并世无第二人。他也讲初唐四杰、大历十才子、《河岳英灵集》，但是讲得最多，也讲得最好的，是晚唐。他把晚唐诗和后期印象派的画联系起来。讲李贺，同时讲到印象派里的pointlism（点画派），说点画看起来只是不同颜色的点，这些点似乎不相连属，但凝视之，则可感觉到点与点之间的内在联系。这样讲唐诗，必须本人既是诗人，也是画家，有谁能办到？闻先生讲唐诗的妙悟，应该记录下来。我是个大大咧咧的人，上课从不记笔记。听说比我高一班的同学郑临川记录了，而且整理成一本《闻一多论唐诗》，出版了，这是大好事。

我颇具歪才，善能胡诌，闻先生很欣赏我。我曾替一个比我低一班的同学代笔写了一篇关于李贺的读书报告——西南联大一般课程都不考试，只于学期终了时交一篇读书报告即可给学分。闻先生看了这篇读书报告后，对那位同学说："你的报告写得很好，比汪曾祺写得还好！"其实我写李贺，只写了一点：别人的诗都是画在白底子上的画，李贺的诗是画在黑底子上的画，故颜色特别浓烈。这也是西南联大许多教授对学生鉴别的标准：不怕新，不怕怪，而不尚平庸，不喜欢人云亦云，只抄书，无创见。

一九九七年三月十二日

载一九九七年五月三十日《南方周末》

写　字

　　写字总得从临帖开始。我比较认真地临过一个时期的帖，是在十多岁的时候，大概是小学五年级、六年级和初中一年级的暑假。我们那里，那样大的孩子"过暑假"的一个主要内容便是读古文和写字。一个暑假，我从祖父读《论语》，每天上午写大、小字各一张，大字写《圭峰碑》，小字写《闲邪公家传》，都是祖父给我选定的。祖父认为我写字用功，奖给了我一块猪肝紫的端砚和十几本旧拓的字帖：我印象最深的是一本褚河南的《圣教序》。这些字帖是一个败落的世家夏家卖出来的。夏家藏帖很多，我的祖父几乎全部买了下来。一个暑假，从一个姓韦的先生学桐城派古文、写字。韦先生是写魏碑的，他让我临的却是《多宝塔》。一个暑假读《古文观止》、唐诗，写《张猛龙》。这是我父亲的主意。他认为得写写魏碑，才能掌握好字的骨力和间架。我写《张猛龙》，用的是一种稻草做的纸——不是解大便用的草纸，很大，有半张报纸那样大，质地较草纸紧密，但是表面

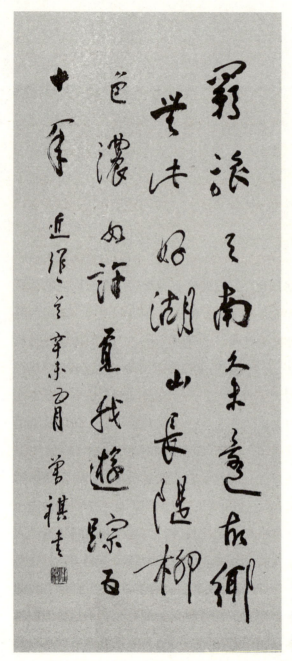

羁旅天南久未还，
故乡无此好湖山。
长堤柳色浓如许，
觅我游踪五十年。
近作一首　辛未五月　曾祺书

相当粗。这种纸市面上看不到卖，不知道父亲是从什么地方买来的。用这种粗纸写魏碑是很合适的，运笔需格外用力。其实不管写什么体的字，都不宜用过于平滑的纸。古人写字多用麻纸，是不平滑的。像澄心堂纸那样细腻的，是不多见的。这三部帖，给我的字打了底子，尤其是《张猛龙》。到现在，从我的字里还可以看出它的影响，结体和用笔。

　　临帖是很舒服的，可以使人得到平静。初中以后，我就很少有整桩的时间临帖了。读高中时，偶尔临一两张，一曝十寒。二十岁以后，读了大学，极少临帖。曾在昆明一家茶叶店看到一副对联："静对古碑临黑女，闲吟绝句比红儿。"这副对联的作者真是一个会享福的人。《张黑女》的字我很喜欢，但是没有临过，倒是借得过一本，反反复复，"读"了好多遍。《张黑女》北书而有南意，我以为是从魏碑到二王之间的过渡。这种字体很难把握，五十年来，我还没有见过一个书家写《张黑女》而能得其仿佛的。

　　写字，除了临帖，还需"读帖"。包世臣以为读帖当读真迹，石刻总是形似，失去原书精神，看不出笔意，固也。试读《三希堂法帖·快雪时晴》，再到故宫看看原件，两者比较，相去真不可以道里计。看真迹，可以看出纸、墨、笔之间的关系。尤其是"运墨"；"纸墨相得"，是从拓本上感觉不出来的。但是真迹难得看到，像《快雪时晴》《奉橘帖》那样的稀世国宝，

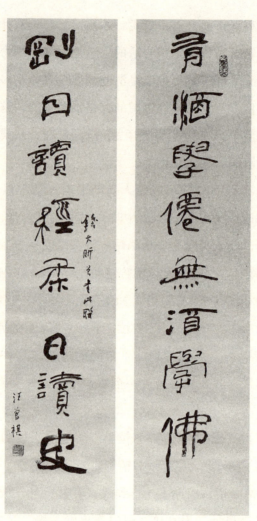

有酒学仙无酒学佛　刚日读经柔日读史

钱大昕曾书此联　汪曾祺

故宫平常也不拿出来展览。隔着一层玻璃，也不便揣摩谛视。求其次，则可看看珂罗版影印的原迹。多细的珂罗版也是有网纹的，印出来的字多浅淡发灰，不如原书的沉着入纸。但是，毕竟慰情聊胜无，比石刻拓本要强得多。读影印的《祭侄文》，才知道颜真卿的字是从二王来的，流畅潇洒，并不都像《麻姑仙坛》那样见棱见角的"方笔"；看《兴福寺碑》，觉赵子昂的用笔也是很硬的，不像坊刻应酬尺牍那样柔媚。再其次，便只好看看石刻拓本了。不过最好要旧拓。从前旧拓字帖并不很贵，逛琉璃厂，挟两本旧帖回来，不是难事。现在可不得了了！前十年，我到一家专卖碑帖的铺子里，见有一部《淳化阁帖》，我请售货员拿下来看看，售货员站着不动，只说了个价钱。他的意思我明白：你买得起吗？我只好向他道歉："那就不麻烦你了！"现在比较容易得到的丛帖是北京日报出版社影印的《三希堂法帖》。乾隆本的《三希堂法帖》是浓墨乌金拓。我是不喜欢乌金拓的，太黑，且发亮。北京日报出版社用重磅铜版纸印，更显得油墨堆浮纸面，很"暴"。而且分装四大厚册，很重，展玩极其不便。不过能有一套《三希堂法帖》已属幸事，还有什么话可说呢？

《三希堂法帖》收宋以后的字很多。对于中国书法的发展，一向有两种对立的意见。一种以为中国的书法，一坏于颜真卿，二坏于宋四家；一种以为宋人书是一个重要的突破。宋人宗法二王，而不为二王所囿，用笔洒脱，显出各自的个性和风格。有人一辈子写晋人书体，及读宋人帖，方悟用笔。我觉两种意见都有道理。但是，二王书如清炖鸡汤，宋人书如棒棒鸡。清炖鸡汤是真味，但是吃惯了麻辣的川味，便觉得什么菜都不过瘾。一个人多"读"宋人字，便会终身摆脱不开，明知趣味不高，也没有办法。话又说回来，现在书家中标榜写二王的，有几个能不越雷池一步的？即便是沈尹默，他的字也明显地看出有米字的影响。

"宋四家"指苏（东坡）、黄（山谷）、米（芾）、蔡。"蔡"本指蔡京，但因蔡京人品不好，遂以蔡襄当之。早就有人提出这个排列次序不公平。就书法成就说，应是蔡、米、苏、黄。我同意。我认为宋人书法，当以蔡京为第一。北京日报出版社《三希堂法帖与书法家小传》（卷二）称蔡京："字势豪健，痛快沉着，严而不拘，逸而不外规矩。比其从兄蔡襄书法，飘逸过之，一时各书家，无出其左右者。""……但因人品差，书名不为世人所重。"我以为这评价是公允的。

这里就提出一个多年来缠夹不清的问题：人品和书品的关系。一种很有势力的意见以为，字品即人品，字的风格是人格的体现。为人刚毅正直，其书乃能挺拔有力。典型的代表人物是颜真卿。这不能说是没有道理，但是未免简单化。有些书法家，人品不能算好，但你不能说他的字写得不好，如蔡京，如赵子昂，如董其昌，这该怎么解释？历来就有人贬低他们的书法成就。看来，用道德标准、政治标准代替艺术标准，是古已有之的。看

似"颖拓",但是颖拓一般不画这种破破烂烂的东西。他画得很逼真,乍看像是剪贴在纸上的。这种画好像很"雅",而且这种画只有他画,所以有人买。

这个家伙写信不贴邮票,信封上的邮票是他自己画的。

有一阵子,他每天骑了一匹大马在城里兜一圈,呱嗒呱嗒,神气得很。这马是一个营长的。城里只要驻兵,他很快就和军官混得很熟。办法很简单,每人送一套春宫。

一九四七年,我在上海先施公司二楼卖字画的陈列室看到四条"断简残篇",一看署名,正是"张长之"!这家伙混得能到上海来卖画,真不简单。

北门里街东有一个专门画像的画工,此人名叫管又萍。走进他的画室,左边墙上挂着一幅非常醒目的朱元璋八分脸的半身画,高四尺,装在镜框里。朱洪武紫棠色脸,额头、颧骨、下巴,都很突出。这种面相,叫做"五岳朝天"。双眼奕奕,威风内敛,很像一个开国之君。朱皇帝头戴纱帽,着圆领团花织金大红龙袍。这张画不但皮肤、皱纹、眼神画得很"真",纱帽、织金团龙,都画得极其工致。这张画大概是画工平生得意之作,他在画的一角用掺糅篆隶笔意的草书写了自己的名字:管又萍。若干年后,我才体会到管又萍的署名后面所挹注的画工的辛酸。画像的画工是从来不署名的。

　　若干年后，我才认识到管又萍是一个优秀的肖像画家，并认识到中国的肖像画有一套自成体系的肖像画理论和技法。

　　我的二伯父和我的生母的像都是管又萍画的。二伯父端坐在椅子上，穿着却是明朝的服装，头戴方巾，身着湖蓝色的斜领道袍。这可能是尊重二伯父的遗志，他是反满的。我没有见过二伯父，但是据说是画得很像的。我母亲去世时我才三岁，记不得她的样子，但我相信也是画得很像的，因为画得像我的姐姐，家里人说我姐姐长得很像我母亲。画工画像并不参照照片，是死人断气后，在床前直接勾描的。

　　然后还得起一个初稿。初稿只画出颜面，画在熟宣纸上，上面蒙了一张单宣，剪出一个椭圆形的洞，像主的面形从椭圆形的洞里露出。要请亲人家属来审查，提意见，胖了，瘦了，颧骨太高，眉毛离得远了……管又萍按照这些意见，修改之后，再请亲属看过，如无意见，即可完稿。然后再画衣服。

　　画像是要讲价的，讲的不是工钱，而是用多少朱砂，多少石绿，贴多少金箔。

　　为了给我的二伯母画像，管又萍到我家里和我的父亲谈了几次，所以我知道这些手续。

　　管又萍的"生意"是很好的，因为他画人很像，全县第一。

　　这是一个谦恭谨慎的人，说话小声，走路低头。

出北门，有一家卖画的。因为要下一个坡，而且这家的门总是关着，我没有进去看过。这家的特点是每年端午节前在门前柳树上拉两根绳子，挂出几十张钟馗。饮酒、醉眠、簪花、骑驴、仗剑叱鬼、从鸡笼里掏鸡、往胆瓶里插菖蒲、嫁妹、坐着山轿出巡……大概这家藏有不少种钟馗的画稿，每年只要照描一遍。钟馗在中国人物画里是个很有人性，很有幽默感的可爱的形象。我觉得美术出版社可以把历代画家画的钟馗收集起来出一本《钟馗画谱》，这将是一本非常有趣的画册。这不仅有美术意义，对了解中国文化也是很有意义的。

新巷口有一家"画匠店"，这是画画的作坊。所生产的主要是"家神菩萨"。家神菩萨是几个本不相干的家族的混合集体。最上一层是南海观音和善财龙女，当中是关云长和关平、周仓，下面是财神。他们画画是流水作业，"开脸"的是一个人，画衣纹的是另一个人，最后加彩贴金的又是一个人。开脸的是老画匠，做下手活的是小徒弟。画匠店七八个人同时做活，却听不到声音，原来学画匠的大都是哑巴。这不是什么艺术作品，但是也还值得看看。他们画得很熟练，不会有败笔。有些画法也使我得到启发。比如他们画衣纹是先用淡墨勾线，然后在必要的地方用较深的墨加几道，这样就有立体感，不是平面的。我在画匠店里常常能站着看一个小时。

　　这家画匠店还画"玻璃油画"。在玻璃的反面用油漆画福禄寿或老寿星。这种画是反过来画的,作画程序和正面画完全不同。比如画脸,是先画眉眼五官,后涂肉色;衣服先画图案,后涂底子。这种玻璃油画是作插屏用的。

　　我们县里有几家裱画店,我每一家都要走进去看看。但所裱的画很少好的。人家有古一点的好画都送到苏州去裱。本地裱工不行,只有一次在北市口的裱画店里看到一幅王匋民写的八尺长的对子,给我留下深刻的印象,我认为王匋民是我们县的第一画家。他的字也很有特点,我到现在还说不准他的字的来源,有章草,又有王铎、倪瓒。他用侧锋写那样大的草书对联,这种风格我还没有见过。

一九九三年六月一日

想　象

　　闻宋代画院取录画师，常出一些画题，以试画师的想象力。有些画题是很不好画的。如"踏花归去马蹄香"，"香"怎么画得出？画师都束手。有一画师很聪明，画出来了。他画了一个人骑了马，两只蝴蝶追随着马蹄飞。"深山藏古寺"，难的是一个"藏"字，藏就看不见了，看不见，又要让人知道有一座古寺在深山里藏着。许多画师的画都是在深山密林中露一角檐牙，都未被录取。有一个画师不画寺，画了一个小和尚到山下溪边挑水。和尚来挑水，则山中必有寺矣。有一幅画画昨夜宫人饮酒闲话。这是"昨夜"的事，怎么画？这位画师画了一角宫门，一大早，一个宫女端着笸箩出来倒果壳，荔枝壳、桂圆壳、栗子壳、鸭脚（银杏）壳……这样，宫人们昨夜的豪华而闲适的生活可以想见。

　　老舍先生曾点题请齐白石画四幅屏条，有一条求画苏曼殊的一句诗："蛙声十里出山泉。"这很难画。"蛙声"，还要从十里外的山泉中出来。齐老人在画幅两侧用浓墨画了直立的石头，用淡墨画了一道曲曲弯弯的山泉，在泉水下边画了七八只摆尾游动的蝌蚪。真是亏他想得出！

艺术，必须有想象，画画是这样，写文章也是这样。

一九九二年十二月二十六日

载一九九三年三月二十三日《语文报》

故乡的野菜

　　荠菜。荠菜是野菜，但在我的家乡却是可以上席的。我们那里，一般的酒席，开头都有八个凉碟，在客人入席前即已摆好。通常是火腿、变蛋（松花蛋）、风鸡、酱鸭、油爆虾（或呛虾）、蚶子（是从外面运来的，我们那里不产）、咸鸭蛋之类。若是春天，就会有两样应时凉拌小菜：杨花萝卜（即北京的小水萝卜）切细丝拌海蜇，和拌荠菜。荠菜焯过，碎切，和香干细丁同拌加姜米，浇以麻油酱醋，或用虾米，或不用，均可。这道菜常抟成宝塔形，临吃推倒，拌匀。拌荠菜总是受欢迎的，吃个新鲜。凡野菜，都有一种园种的蔬菜所缺少的清香。

　　荠菜大都是凉拌，炒荠菜很少人吃。荠菜可包春卷，包圆子（汤团）。江南人用荠菜包馄饨，称为菜肉馄饨，亦称"大馄饨"。我们那里没有用荠菜包馄饨的。我们那里的面店中所卖的馄饨都是纯肉馅的馄饨，即江南所说的"小馄饨"，没有"大馄饨"。我在北京的一家有名的家庭餐馆吃过这一家的一道名菜：

47

翡翠蛋羹。一个汤碗里一边是蛋羹，一边是荠菜，一边嫩黄，一边碧绿，绝不混淆，吃时搅在一起。这种讲究的吃法，我们家乡没有。

枸杞头。春天的早晨，尤其是下了一场小雨之后，就可听到叫卖枸杞头的声音。卖枸杞头的多是附郭近村的女孩子，声音很脆，极能传远："卖枸杞头来！"枸杞头放在一个竹篮子里，一种长圆形的竹篮，叫做"元宝篮子"。枸杞头带着雨水，女孩子的声音也带着雨水。枸杞头不值什么钱，也从不用秤约，给几个钱，她们就能把整篮子倒给你。女孩子也不把这当作正经买卖，卖一点钱，够打一瓶梳头油就行了。

自己去摘，也不费事。一会儿工夫，就能摘一堆。枸杞到处都是。我的小学的操场原是祭天地的空地，叫做"天地坛"。天地坛的四边围墙的墙根，长的都是这东西。枸杞夏天开小白花，秋天结很多小果子，即枸杞子，我们小时候叫它"狗奶子"，因为很像狗的奶子。

枸杞头也都是凉拌，清香似尤甚于荠菜。

蒌蒿。小说《大淖记事》："春初水暖，沙洲上冒出很多紫红色的芦芽和灰绿色的蒌蒿，很快就是一片翠绿了。"我在书页下面加了一条注："蒌蒿是生于水边的野草，粗如笔管，有节，生狭长的小叶，初生二寸来高，叫做'蒌蒿薹子'，加肉炒食极清香。……"蒌蒿，字典上都注"蒌"音楼，蒿之一种，即白蒿。我以为蒌蒿不是蒿之一种，蒌蒿掐断，没有那种蒿子气，倒是有一种水草气。苏东坡诗"蒌蒿满地芦芽短"，以蒌蒿与芦芽并举，证明是水边的植物，就是我的家乡所说"蒌蒿薹子"。"蒌"字我的家乡不读楼，读吕。蒌蒿好像都是和瘦猪肉同炒，素炒好像没有。我小时候非常爱吃炒蒌蒿薹子。桌上有一盘炒蒌蒿薹子，我就非常兴奋，胃口大开。蒌蒿薹子除了清香，还有就是很脆，嚼之有声。

荠菜、枸杞我在外地偶尔吃过，蒌蒿薹子自十九岁离乡后从未吃过，非常想念。去年我的家乡有人开了汽车到北京来办事，我的弟妹托他们带了一塑料袋蒌蒿薹子来，因为路上耽搁，到北京时已经焐坏了。我挑了一些还来不及烂的，炒了一盘，还有那么一点意思。

马齿苋。中国古代吃马齿苋是很普遍的，马苋与人苋（即红白苋菜）并提。后来不知怎么吃的人少了。我的祖母每年夏天都要摘一些马齿苋，晾干了，过年包包子。我的家乡普通人家平常是不包包子的，只有过年才包，自己家里人吃，有客人来蒸一盘待客。不是家里人包的。一般的家庭妇女不会包，都是备了面、馅，请包子店里的师傅到家里做，做一上午，就够正月里吃了。我的祖母吃长斋，她的马齿苋包子只有她自己吃。我尝过一个，马齿苋有点酸酸的味道，不难吃，也不好吃。

马齿苋南北皆有。我在北京的甘家口住过，离玉渊潭很近，玉渊潭马齿苋极多。北京人叫做马苋儿菜，吃的人很少。养鸟的拔了喂画眉。据说画眉吃了能清火。画眉还会有"火"么？

莼菜。第一次喝莼菜汤是在杭州西湖的楼外楼，一九四八年四月。这以前我没有吃过莼菜，也没有见过。我的家乡人大都不知莼菜为何物。但是秦少游有《以莼姜法鱼糟蟹寄子瞻》诗，则高邮原来是有莼菜的。诗最后一句是"泽居备礼无麋鹿"，秦少游当时盖在高邮居住，送给苏东坡的是高邮的土产。高邮现在还有没有莼菜，什么时候回高邮，我得调查调查。

明朝的时候，我的家乡出过一个散曲作家王磐。王磐字鸿渐，号西楼，散曲作品有《西楼乐府》。王磐当时名声很大，与散曲大家陈大声并称为"南曲之冠"。王西楼还是画家。高邮现在还有一句歇后语："王西楼嫁女儿——画（话）多银子少。"

王西楼有一本有点特别的著作：《野菜谱》。《野菜谱》收野菜五十二种。五十二种中有些我是认识的，如白鼓钉（蒲公英）、蒲儿根、马兰头、青蒿儿（即茵陈蒿）、枸杞头、野菉豆、蒌蒿、荠菜儿、马齿苋、灰条。江南人重马兰头。小时读周作人的《故乡的野菜》，提到儿歌"荠菜马兰头，姐姐嫁在后门头"，很是向往，但是我的家乡是不大有人吃的。灰条的"条"字，正字应是"藋"，通称灰菜。这东西我的家乡不吃。我第一次吃灰菜是在一个山东同学的家里，蘸了稀面，蒸熟，就烂蒜，别具滋味。后来在昆明黄土坡一中学教书，学校发不出薪水，我们时常断炊，就掳了灰菜来炒了吃。在北京我也摘过灰菜炒食。有一次发现钓鱼台国宾馆的墙外长了很多灰菜，极肥嫩，就弯下腰来摘了好些，装在书包里。门卫发现，走过来问："你干什么？"他大概以为我在埋定时炸弹。我把书包里的灰菜抓出来给他看，他没有再说什么，走开了。灰菜有点碱味，我很喜欢这种味道。王西楼《野菜谱》中有一些，我不但没有吃过，见过，连听都没听说过，如："燕子不来香""油灼灼"……

《野菜谱》上图下文。图画的是这种野菜的样子，文则简单地说这种野菜的生长季节，吃法。文后皆系以一诗，一首近似谣曲的小乐府，都是借题发挥，以野菜名起兴，写人民疾苦。如：

眼子菜

眼子菜，如张目，年年盼春怀布谷，犹向秋来望时熟。何事频年倦不开，愁看四野波漂屋。

猫耳朵

猫耳朵，听我歌，今年水患伤田禾，仓廪空虚鼠弃窝，猫兮猫兮将奈何！

眼子菜
六七月採生水澤
中青葉背紫色莖
柔滑面細長可救
尺然

眼子菜如張日年年貯養
懷布穀猶向秋來窒畤熟
何事頻年倦不開愁看四

野波漂屋

《野菜谱》中的眼子菜

猫耳朶
正二月採搗爛和
粉麵作餅蒸食

猫耳朶聽我歌今年水患
傷田禾倉廩空虛鼠棄窠
猫兮猫兮將奈何

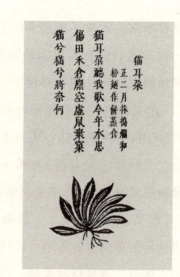

《野菜谱》中的猫耳朵

江荠
生腸月生熟皆可
用花時不可食但
莖

江荠青青江水綠江邊桃
菜女兒哭爺孃新死兒越
熟止存我與姝看屋

《野菜谱》中的江荠

抱娘蒿
叢生故名二
三月采熟食

抱孃蒿結根牢解不散如
漆膠君不見昨朝兒賣客
船上兒抱孃哭不肯放

《野菜谱》中的抱娘蒿

52

江荠

江荠青青江水绿，江边挑菜女儿哭。爷娘新死兄趁熟，止存我与妹看屋。

抱娘蒿

抱娘蒿，结根牢，解不散，如漆胶。君不见昨朝儿卖客船上，儿抱娘哭不肯放。

这些诗的感情都很真挚，读之令人酸鼻。我的家乡本是个穷地方，灾荒很多，主要是水灾，家破人亡、卖儿卖女的事是常有的。我小时就见过。现在水利大有改进，去年那样的特大洪水，也没死一个人，王西楼所写的悲惨景象不复存在了。想到这一点，我为我的家乡感到欣慰。过去，我的家乡人吃野菜主要是为了度荒，现在吃野菜则是为了尝新了。喔，我的家乡的野菜！

一九九二年四月十四日

载一九九二年第三期《钟山》

萝 卜

杨花萝卜即北京的小水萝卜。因为是杨花飞舞时上市卖的，我的家乡名之曰："杨花萝卜。"这个名称很富于季节感。我家不远的街口一家茶食店的屋下有一个岁数大的女人摆一个小摊子，卖供孩子食用的便宜的零吃。杨花萝卜下来的时候，卖萝卜。萝卜一把一把地码着。她不时用炊帚洒一点水，萝卜总是鲜红的。给她一个铜板，她就用小刀切下三四根萝卜。萝卜极脆嫩，有甜味，富水分。自离家乡后，我没有吃过这样好吃的萝卜。或者不如说自我长大后没有吃过这样好吃的萝卜，小时候吃的东西都是最好吃的。

除了生嚼，杨花萝卜也能拌萝卜丝。萝卜斜切为薄片，再切为细丝，加酱油、醋、香油略拌，撒一点青蒜，极开胃。小孩的顺口溜唱道：

　　人之初，

萝卜 齐白石

鼻涕拖，

油炒饭，

拌萝菝（我的家乡称萝卜为萝菝）。

油炒饭加一点葱花，在农村算是美食，佐以拌萝卜丝一碟，吃起来是很香的。

萝卜丝与细切的海蜇皮同拌，在我的家乡是上酒席的，与香干拌荠菜、盐水虾、松花蛋同为凉碟。

北京的拍水萝卜也不错，但宜少入白糖。

北京人用水萝卜切片，汆羊肉汤，味鲜而清淡。

烧小萝卜，来北京前我没有吃过（我的家乡杨花萝卜没有熟吃的），很好。有一位台湾女作家来北京，要我亲自做一顿饭请她吃。我给她做了几个菜，其中一个是烧小萝卜。她吃了赞不绝口。那当然是不难吃的：那两天正是小萝卜最好吃的时候，都长足了，但还很嫩，不糠；而且我是用干贝烧的。她说台湾没有这种水萝卜。

我们家乡有一种穿心红萝卜，粗如黄酒盏，长可三四寸，外皮深紫红色，里面的肉有放射形的紫红纹，紫白相间，若是横切开来，正如中药里的槟榔片（卖时都是直切），当中一线贯通，色极深，故名穿心红。卖穿心红萝卜的挑担，与山芋（红薯）同卖，山芋切厚片。都是生吃。

卖水萝卜

　　紫萝卜不大，大的如一个大衣扣子，扁圆形，皮色乌紫。据说这是五倍子染的。看来不是本色，因为它掉色，吃了，嘴唇牙肉也是乌紫乌紫的。里面的肉却是嫩白的。这种萝卜非本地所产，产在泰州。每年秋末，就有泰州人来卖紫萝卜，都是女的，挎一个柳条篮子，沿街吆喝："紫萝——卜！"

　　我在淮安第一回吃到青萝卜。曾在淮安中学借读过一个学期，一到星期日，就买了七八个青萝卜、一堆花生，几个同学，尽情吃一顿。后来我到天津吃过青萝卜，觉得淮安青萝卜比天津的好。大抵一种东西第一回吃，总是最好的。

　　天津吃萝卜是一种风气。五十年代初，我到天津，一个同学的父亲请我们到天华景听曲艺。座位之前有一溜长案，摆得满满的，除了茶壶茶碗、瓜子花生米碟子，还有几大盘切成薄片的青萝卜。听"玩意儿"吃萝卜，此风为别处所无。天津谚云："吃了萝卜喝热茶，气得大夫满街爬。"吃萝卜喝茶，此风亦为别处所无。

　　心里美萝卜是北京特色。一九四八年冬天，我到了北京，街头巷尾，每每听到吆喝："哎——萝卜，赛梨来——辣来换……"声音高亮打远。看来在北京做小买卖的，都得有条好嗓子。卖"萝卜赛梨"的，萝卜都是一个一个挑选过的，用手指头一弹，当当的；一刀切下去，咔嚓嚓地响。

　　我在张家口沙岭子劳动，曾参加过收心里美萝卜。张家口土质于萝卜相宜，心里美皆甚大。收萝卜时是可以随便吃的。和我一起收萝卜的农业工人起出一个萝卜，看一看，不怎么样的，随手就扔进了大堆。一看，这个不错，往地下一扔，叭嚓，裂成了几瓣，"行！"于是各拿一块啃起来，甜、脆、多汁，难可名状。他们说："吃萝卜，讲究吃'棒打萝卜'。"

张家口的白萝卜也很大。我参加过张家口地区农业展览会的布置工作，送展的白萝卜都特大。白萝卜有象牙白和露八分。露八分即八分露出土面，露出土面部分外皮淡绿色。

我的家乡无此大白萝卜，只是粗如小儿臂而已。家乡吃萝卜只是红烧，或素烧，或与臀尖肉同烧。

江南人特重白萝卜炖汤，常与排骨或猪肉同炖。白萝卜耐久炖，久则出味。或入淡菜，味尤厚。沙汀《淘金记》写幺吵吵每天用牙巴骨炖白萝卜，吃得一家脸上都是油光光的。天天吃是不行的，隔几天吃一次，想亦不恶。

四川人用白萝卜炖牛肉，甚佳。

扬州人、广东人制萝卜丝饼，极妙。北京东华门大街曾有外地人制萝卜丝饼，生意极好。此人后来不见了。

北京人炒萝卜条，是家常下饭菜。或入酱炒，则为南方人所不喜。

白萝卜最能消食通气。我们在湖南体验生活，有位领导同志，接连五天大便不通，吃了各种药都不见效，憋得他难受得不行。后来生吃了几个大白萝卜，一下子畅通了。奇效如此，若非亲见，很难相信。

萝卜是腌制咸菜的重要原料。我们那里，几乎家家都要腌萝卜干。腌萝卜干的是红皮圆萝卜。切萝卜时全家大小一齐动手。孩子切萝卜，觉得这个一定很甜，尝一瓣，甜，就放在一边，自己吃。切一天萝卜，每个孩子肚子里都装了不少。萝卜干盐渍后须在芦席上摊晒，水气干后，入缸，压紧、封实，一两月后取食。我们那里说在商店学徒（学生意）要"吃三年萝卜干饭"，谓油水少也。学徒不到三年零一节，不满师，吃饭须自觉，筷子不能往荤菜盘里伸。

扬州一带酱园里卖萝卜头，乃甜面酱所腌，口感甚佳。孩子们爱吃，一半也因为它的形状很好玩，圆圆的，比一个鸽子蛋略大。此北地所无，天源、六必居都没有。

北京有小酱萝卜，佐粥甚佳。大腌萝卜咸得发苦，不好吃。

四川泡菜什么萝卜都可以泡，红萝卜、白萝卜。

湖南桑植卖泡萝卜。走几步，就有个卖泡萝卜的摊子。萝卜切成大片，泡在广口玻璃瓶里，给毛把钱即可得一片，边走边吃。峨眉山道边也有卖泡萝卜的，一面涂了一层稀酱。

萝卜原产中国，所以中国的为最好。有春萝卜、夏萝卜、秋萝卜、四季萝卜，一年到头都有。可生食、煮食、腌制。萝卜所惠于中国人者亦大矣。美国有小红萝卜，大如元宵，皮色鲜红可

爱，吃起来则淡而无味。异域得此，聊胜于无。爱伦堡小说写几
个艺术家吃奶油蘸萝卜，喝伏特加，不知是不是这种红萝卜。我
在爱荷华韩国人开的菜铺的仓库里看到一堆心里美，大喜。买回
来一吃，味道满不对，形似而已。日本人爱吃萝卜，好像是煮熟
蘸酱吃的。

载一九九〇年第三期《十月》

蚕　豆

北京快有新蚕豆卖了。

我小时候吃蚕豆，就想过这个问题：为什么叫蚕豆？到了很大的岁数，才明白过来：因为这是养蚕的时候吃的豆。我家附近没有养蚕的，所以联想不起来。四川叫胡豆，我觉得没有道理。中国把从外国来的东西冠之以胡、番、洋，如番茄、洋葱。但是蚕豆似乎是中国本土上早就有的，何以也加一"胡"字？四川人也有写作"葫豆"的，也没有道理。葫是大蒜。这种豆和大蒜有什么关系？也许是因为这种豆结荚的时候也正是大蒜结球的时候？这似乎也是勉强。小时候读鲁迅的文章，提到罗汉豆，叫我好一阵猜，想像不出是怎样一种豆。后来才知道，嗐，就是蚕豆。鲁迅当然是知道全国大多数地方是叫蚕豆的，偏要这样写，想是因为这样写才有绍兴特点，才亲切。

蚕豆是很好吃的东西，可以当菜，也可以当零食。各种做法，都好吃。

我的家乡，嫩蚕豆连内皮炒。或加一点切碎的咸菜，尤妙。稍老一点，就剥去内皮炒豆瓣。有时在炒红苋菜时加几个绿蚕豆瓣，颜色鲜明，也能提味。有一个女同志曾在我家乡的乡下落户，说房东给她们做饭时在鸡蛋汤里放一点蚕豆瓣，说是非常好吃。这是乡下做法，城里没有这么做的。蚕豆老了，就连皮煮熟，加点盐，可以下酒，也可以白嘴吃。有人家将煮熟的大粒蚕豆用线穿成一挂佛珠，给孩子挂在脖子上，一颗一颗地剥了吃，孩子没有不高兴的。

　　江南人吃蚕豆与我们乡下大体相似。上海一带的人把较老的蚕豆剥去内皮，香油炒成蚕豆泥，好吃。用以佐粥，尤佳。

　　四川、云南吃蚕豆和苏南、苏北人亦相似。云南季节似比江南略早。前年我随作家访问团到昆明，住翠湖宾馆。吃饭时让大家点菜。我点了一个炒豌豆米，一个炒青蚕豆，作家下箸后都说："汪老真会点菜！"其时北方尚未见青蚕豆，故觉得新鲜。

　　北京人是不大懂吃新鲜蚕豆的。北京人爱吃扁豆、豇豆，而对蚕豆不赏识。因为北京人很少种蚕豆，蚕豆不能对北京人有鲁迅所说的"蛊惑"。北京的蚕豆是从南方运来的，卖蚕豆的也多是南方人。南豆北调，已失新鲜，但毕竟是蚕豆。

　　蚕豆到"落而为萁"，晒干后即为老蚕豆。老蚕豆仍可做菜。老蚕豆浸水生芽，江南人谓之为"发芽豆"，加盐及香料煮熟，是酒菜。我的家乡叫"烂蚕豆"。北京人加一个字，叫做"烂和蚕豆"。我在民间文艺研究会工作的时候，在演乐胡同上班，每天下班都见一个老人卖烂和蚕豆。这老人至少有七十大几了，头发和两腮的短髭都已经是雪白的了。他挎着一个腰圆的木盆，慢慢地从胡同这头到那头，哑声吆喝着：烂和蚕豆……后来老人不知得了什么病，头抬不起来，但还是折倒了颈子，埋着头，卖烂和蚕豆，只是不再吆喝了。又过些日子，老人不见了。我想是死了。不知道为什么，我每次吃烂和蚕豆，总会想起这位老人。我想的是什么呢？人的生活啊……

老蚕豆可炒食。一种是水泡后炒的，叫"酥蚕豆"。我的家乡叫"沙蚕豆"。一种是以干蚕豆入锅炒的，极硬，北京叫"铁蚕豆"。非极好牙口，是吃不了铁蚕豆的。北京有句歇后语：老太太吃铁蚕豆——闷了。我想没有哪个老太太会吃铁蚕豆，一颗铁蚕豆焖软和了，得多长时间！我的老师沈从文先生在中老胡同住的时候，每天有一个骑着自行车卖铁蚕豆的从他的后墙窗外经过，吆喝"铁蚕豆"……这人是个中年汉子，是个出色的男高音，他的声音不但高、亮、打远，而且尾音带颤。其时沈先生正因为遭受迫害而精神紧张，我觉得这卖铁蚕豆的声音也会给他一种压力，因此我忘不了铁蚕豆。

蚕豆作零食，有：

入水稍泡，油炸。北京叫"开花豆"。我的家乡叫"兰花豆"，因为炸之前在豆嘴上剁一刀，炸后豆瓣四裂，向外翻开，形似兰花。

上海老城隍庙奶油五香豆。

苏州有油酥豆板，乃以绿蚕豆瓣入油炸成。我记得从前的油酥豆板是撒盐的，后来吃的却是裹了糖的，没有加盐的好吃。

四川北碚的怪味胡豆味道真怪，酥、脆、咸、甜、麻、辣。

蚕豆可作调料。做川味菜离不开郫县豆瓣。我家里郫县豆瓣是周年不缺的。

北京就快有青蚕豆卖了，谷雨已经过了。

载一九九二年第七、八月号《旅潮》

干 丝

南京、镇江、扬州、高邮、淮安都有干丝。发源地我想是扬州。这是淮扬菜系的代表作之一，很多菜谱都著录。但其实这不是"菜"。干丝不是下饭的，是佐茶的。

扬州一带人有吃早茶的习惯。人说扬州人"早上皮包水，晚上水包皮"。"水包皮"是洗澡，"皮包水"是喝茶。"扬八属"各县都有许多茶馆。上茶馆不只是喝茶，是要吃包子点心。这有点像广东的"饮茶"。不过广东的茶楼是由服务员（过去叫"伙计"）推着小车，内置包点，由茶客手指索要，扬州的茶馆是由客人一次点齐，陆续搬上。包点是现做现蒸，总是等一些时候，一般上茶馆的大都要一个干丝。一边喝茶，吃干丝，既消磨时间，也调动胃口。

一种特制的豆腐干，较大而方，用薄刃快刀片成薄片，再切为细丝，这便是干丝。讲究一块豆腐干要片十六片，切丝细如马尾，一根不断。最初似只有烫干丝。干丝在开水锅中烫后，滗去水，在碗里堆成宝塔状，浇以麻油、好酱油、醋，即可下箸。过去盛干丝的碗是特制的，白地青花，碗足稍高，碗腹较深，敞口，这样拌起干丝来好拌。现在则是一只普通的大碗了。我父亲常带了一包五香花生米，搓去外皮，携青蒜一把，嘱堂倌切寸段，稍烫一烫，与干丝同拌，别有滋味。这大概是他的发明。干丝喷香，茶泡两开正好，吃一箸干丝，喝半杯茶，很美！扬州人喝茶爱喝"双拼"，倾龙井、香片各一包，入壶同泡，殊不足取。总算还好，没有把乌龙茶和龙井搀和在一起。

煮干丝不知起于何时，用小虾米吊汤，投干丝入锅，下火腿丝、鸡丝，煮至入味，即可上桌。不嫌夺味，亦可加冬菇丝。有冬笋的季节，可加冬笋丝。总之烫干丝味要清纯，煮干丝则不妨浓厚。但也不能搁螃蟹、蛤蜊、海蛎子、蛏，那样就是喧宾夺主，吃不出干丝的味了。

北京没有适于切干丝的豆腐干。偶有"大白干"，质地松泡，切丝易断。不得已，以高碑店豆腐片代之，细切下扬州干丝一菜，但要选片薄而有韧性者。这道菜已经成了我偶设家宴的保留节目。

美籍华人女作者聂华苓和她的丈夫保罗·安格尔来北京，指名要在我家吃一顿饭，由我亲自做。我给她配了几个菜。几个什么菜，我已经忘了，只记得有一大碗煮干丝。华苓吃得淋漓尽致，最后端起碗来把剩余的汤汁都喝了。华苓是湖北人，年轻时是吃过煮干丝的。但在美国不易吃到。美国有广东馆子、四川馆子、湖南馆子，但淮扬馆子似很少。我做这个菜是有意逗引她的故国乡情！我那道煮干丝自己也感觉不错，是用干贝吊的汤。前已说过，煮干丝不厌浓厚。

一九九二年九月七日

载一九九三年第三期《家庭》

栗　子

　　栗子的形状很奇怪，像一个小刺猬。栗有"斗"，斗外长了长长的硬刺，很扎手。栗子在斗里围着长了一圈，一颗一颗紧挨着，很团结。当中有一颗是扁的，叫做脐栗。脐栗的味道和其他栗子没有什么两样。坚果的外面大都有保护层，松子有鳞瓣，核桃、白果都有苦涩的外皮，这大概都是为了对付松鼠而长出来的。

　　新摘的生栗子很好吃，脆嫩，只是栗壳很不好剥，里面的内皮尤其不好去。

　　把栗子放在竹篮里，挂在通风的地方吹几天，就成了"风栗子"。风栗子肉微有皱纹，微软，吃起来更为细腻有韧性。不像吃生栗子会弄得满嘴都是碎粒，而且更甜。贾宝玉为一件事生了气，袭人给他打岔，说："我想吃风栗子了。你给我取去。"怡红院的檐下是挂了一篮风栗子的。风栗子入《红楼梦》，身价就高起来，雅了。这栗子是什么来头，是贾蓉送来的？刘姥姥送来的？还是宝玉自己在外面买的？不知道，书中并未交待。

栗子熟食的较多。我的家乡原来没有炒栗子，只是放在火里烤。冬天，生一个铜火盆，丢几个栗子在通红的炭火里，一会儿，砰的一声，蹦出一个裂了壳的熟栗子，抓起来，在手里来回倒，连连吹气使冷，剥壳入口，香甜无比，是雪天的乐事。不过烤栗子要小心，弄不好会炸伤眼睛。烤栗子外国也有，西方有"火中取栗"的寓言，这栗子大概是烤的。

北京的糖炒栗子，过去讲究栗子是要良乡出产的。良乡栗子比较小，壳薄，炒熟后个个裂开，轻轻一捏，壳就破了，内皮一搓就掉，不"护皮"。据说良乡栗子原是进贡的，是西太后吃的（北方许多好吃的东西都说是给西太后进过贡）。

北京的糖炒栗子其实是不放糖的，昆明的糖炒栗子真的放糖。昆明栗子大，炒栗子的大锅都支在店铺门外，用大如玉米豆的粗砂炒，不时往锅里倒一碗糖水。昆明炒栗子的外壳是黏的，吃完了手上都是糖汁，必须洗手。栗肉为糖汁沁透，很甜。

炒栗子宋朝就有。笔记里提到的"爆栗"，我想就是炒栗子。汴京有个叫李和儿的，爆栗有名。南宋时有一使臣（偶忘其名姓）出使，有人遮道献爆栗一囊，即汴京李和儿也。一囊爆栗，寄托了故国之思，也很感人。

日本人爱吃栗子，但原来日本没有中国的炒栗子。有一年我在广交会的座谈会上认识一个日本商人，他是来买栗子的（每年都来买）。他在天津曾开过一家炒栗子的店，回国后还卖炒栗子，而且把他在天津开的炒栗子店铺的招牌也带到日本去，一直在东京的炒栗子店里挂着。他现在发了财，很感谢中国的炒栗子。

北京的小酒铺过去卖煮栗子。栗子用刀切破小口，加水，入花椒大料煮透，是极好的下酒物。现在不见有卖的了。

栗子可以做菜。栗子鸡是名菜，也很好做，鸡切块，栗子去皮壳，加葱、姜、酱油，加水淹没鸡块，鸡块熟后，下绵白糖，小火焖二十分钟即得。鸡须是当年小公鸡，栗须完整不碎。罗汉斋亦可加栗子。

我父亲曾用白糖煨栗子，加桂花，甚美。

北京东安市场原来有一家卖西式蛋糕、冰点心的铺子卖奶油栗子粉。栗子粉上浇稀奶油，吃起来很过瘾。当然，价钱是很贵的。这家铺子现在没有了。

羊羹的主料是栗子面。"羊羹"是日本话，其实只是潮湿的栗子面压成长方形的糕，与羊毫无关系。

河北的山区缺粮食，山里多栗树，乡民以栗子代粮。栗子当零食吃是很好吃的，但当粮食吃恐怕胃里不大好受。

载一九九三年第八期《家庭》

面　茶

　　面茶和茶汤是两回事，虽然原料可能是一样的，都是糜子面。茶汤是把糜子面炒熟，放在碗里，从烧得滚开的大铜嘴里倒出开水，浇在碗里，即得。卖茶汤的"茶汤李""茶汤陈"……的摊子上都有一把很大的紫铜大壶，擦得锃亮，即"茶汤壶"。有的铜壶嘴是龙头的，龙头上还缀了两个鲜红的小绒球，称为"龙嘴大茶汤壶"。大茶汤壶常是传了几代的，制作精工，是摊主的骄傲。茶汤有什么好吃？有点糜子香，如此而已。有的在茶汤里加了核桃仁、青梅、葡萄干、青红丝……称为"八宝茶汤"，也只是如此而已。北京人、天津人爱喝茶汤，我对他们的感情不能理解，只能说这是一种文化积淀。面茶是糊糊状的，颜色嫩黄，盛满一碗，撒芝麻盐，以手托碗，转着圈儿喝——会喝面茶的不使勺筷，都是转着碗喝。这东西有什么好喝的？有一点芝麻盐的香味，如此而已。熬面茶的锅也是铜锅，也都是擦得锃亮的。这种锅就叫做"面茶锅"。

面茶锅里是不能煮什么别的东西的，但是北京人却于想象中在面茶锅里煮各种东西。

"面茶锅里煮元宵——混蛋。"

我在昆明时曾在一中学教学，这中学是西南联大同学办的，主持校务的是两个同学，他们自任为校长和教导主任。教员也都是联大同学。学校无经费，学期开始时收的一点学生交的学费，很快就叫他们折腾光了，教员的薪水发不出。他们二位四处活动，仍是没有办法，只能弄到一点买米的钱，能使教员开出饭来。菜，实在对不起，于是我们就挖野菜——灰菜、野苋菜、扫帚苗……用一点油滑锅，哗啦一声把野菜倒在锅里，半生不熟，即以就饭。有时他们说是有办法了，等他们进城活动活动，回来就可以发一点钱。不料回来时依旧两手空空。教员生气了，骂他们是混蛋，是面茶锅里煮的球：一个是"面茶锅里煮铁球——混蛋到底带砸锅"；一个是"面茶锅里煮皮球——说你混蛋你还一肚子气"！当然面茶锅里是不能煮球的，不论是皮球还是铁球，教员们不过是于无可奈何之中用此形象的语言以泄愤耳。

如果单说"面茶"，不煮什么东西，意思是糊涂。

"文化大革命"来了，谁都不知道是怎么回事，剧团尤其是这样。演员队党小组开会，有一个党员说外面有些单位已经夺权，咱们也应该夺权。他以为党委应该把权交出来，主动下台。另一党员，党小组组长，认为不对，指着主张夺权的党员的鼻子说："群众面茶，你也面茶？！"其实他自己倒真面茶，他领导小组学习，读报，读到"美帝国主义陷于一片癫疮……"大家有些奇怪，拿过报纸看看，原来不是"一片癫疮"，而是"一片瘫痪"。又有一次，他读毛主席诗词，把"战士指看南粤，更加郁郁葱葱"读成"更加悠悠忽忽"。

然而他是共产党员。

一九九七年三月七日
载一九九七年九月五日《南方周末》

豆汁儿

没有喝过豆汁儿，不算到过北京。

小时看京剧《豆汁记》（即《鸿鸾禧》，又名《金玉奴》，一名《棒打薄情郎》），不知"豆汁"为何物，以为即是豆腐浆。

到了北京，北京的老同学请我吃了烤鸭、烤肉、涮羊肉，问我："你敢不敢喝豆汁儿？"我是个"有毛的不吃掸子，有腿的不吃板凳，大荤不吃死人，小荤不吃苍蝇"的，喝豆汁儿，有什么不"敢"？他带我去到一家小吃店，要了两碗，警告我说："喝不了，就别喝。有很多人喝了一口就吐了。"我端起碗来，几口就喝完了。我那同学问："怎么样？"我说："再来一碗。"

豆汁儿是制造绿豆粉丝的下脚料。很便宜。过去卖生豆汁儿的，用小车推一个有盖的木桶，串背街、胡同。不用"唤头"（招徕顾客的响器），也不吆唤。因为每天串到哪里，大都有准时候。到时候，就有女人提了一个什么容器出来买。有了豆汁儿，这天吃窝头就可以不用熬稀粥了。这是贫民食物。《豆汁记》的金玉奴的父亲金松是"杆儿上的"（叫花头），所以家里有吃剩的豆汁儿，可以给莫稽盛一碗。

卖熟豆汁儿的，在街边支一个摊子。一口铜锅，锅里一锅豆汁，用小火熬着。熬豆汁儿只能用小火，火大了，豆汁儿一翻大泡，就"澥"了。豆汁儿摊上备有辣咸菜丝——水疙瘩切细丝浇辣椒油、烧饼、焦圈——类似油条，但做成圆圈，焦脆。卖力气的，走到摊边坐下，要几套烧饼焦圈，来两碗豆汁儿，就一点辣咸菜，就是一顿饭。

豆汁儿摊上的咸菜是不算钱的。有保定老乡坐下，掏出两个馒头，问"豆汁儿多少钱一碗"，卖豆汁儿的告诉他，"咸菜呢？"——"咸菜不要钱。"——"那给我来一碟咸菜。"

常喝豆汁儿，会上瘾。北京的穷人喝豆汁儿，有的阔人家也爱喝。梅兰芳家有一个时候，每天下午到外面端一锅豆汁儿，全家大小，一人喝一碗。豆汁儿是什么味儿？这可真没法说。这东西是绿豆发了酵的，有股子酸味。不爱喝的说是像泔水，酸臭。爱喝的说：别的东西不能有这个味儿——酸香！这就跟臭豆腐和启司一样，有人爱，有人不爱。

豆汁儿沉底，干糊糊的，是麻豆腐。羊尾巴油炒麻豆腐，加几个青豆嘴儿（刚出芽的青豆），极香。这家这天炒麻豆腐，煮饭时得多量一碗米——每人的胃口都开了。

八月十六日

关于葡萄

葡萄和爬山虎

一个学农业的同志告诉我：谷子是从狗尾巴草变来的，葡萄是从爬山虎变来的。我听了，觉得很有意思。谷子和狗尾巴草，葡萄和爬山虎，长得是很像。

另一个学农业的同志说：这没有科学根据，这是想象。

就算是想象吧，我还是觉得这想象得很有意思。我觉得不是没有这种可能。世界上的东西，总是由别的什么东西变来的。我们现在有了这么多品种的葡萄，有玫瑰香、马奶、金铃、秋紫、黑罕、白拿破仑、巴勒斯坦、虎眼、牛心、大粒白、柔丁香、白香蕉……颜色、形状、果粒大小、酸甜、香味，各不相同。它们是从来就有的吗？不会的。最初一定只有一种果粒只有胡椒那样大，颜色半青半紫，味道酸涩的那么一种东西。是什么东西呢？大概就是爬山虎。

从狗尾巴草到谷子，从爬山虎到葡萄，是一个很漫长的过程。这种变化，是在人的参与之下完成的。人说：要大穗，要香甜多汁，于是谷子和葡萄就成了现在这样。

葡萄是人创造出来的。

葡萄的来历

至少玫瑰香不是张骞从西域带回来的。玫瑰香的家谱是可以查考的。它的故乡，是英国。

中国的葡萄是什么时候有的，从哪里来的，自来有不同的说法。

最流行的说法是：张骞从西域带回来的，在汉武帝的时候，即公元前130年左右。《图经》："张骞使西域，得其种而还，种之，中国始有。"《齐民要术》："汉武帝使张骞至大宛，取葡萄实，于离宫别馆旁尽种之。"人们很愿意相信这种说法，因为可以发思古之幽情。"空见葡萄入汉家"，让人感到历史的寥廓。说张骞带回葡萄，是有根据的。现在还大量存在的夸耀汉朝的国力和武功的"葡萄海马镜"，可以证明。新疆不是现在还出很好的葡萄么？

但是是不是张骞之前，中国就没有葡萄？有人是怀疑过的。魏文帝曹丕《与吴监书》，是专谈葡萄的，他只说："中国珍果甚多，且复为说葡萄。"安邑是个出葡萄的地方。《安邑果志》载："《蒙泉杂言》《酉阳杂俎》与《六帖》皆载：葡萄由张骞自大宛移植汉宫。按《本草》已具神农九种，当涂熄火，去骞未远；而魏文之诏，实称中国名果，不言西来。是唐以前无此论。"（《植物名实图考长编》引）《县志》的作者以为中国本来就有。他还以为中国本土的葡萄和张骞带回来的葡萄"别是一种"。

魏晋时葡萄还不多见，所以曹丕才专门写了一篇文章，庾信和尉瑾才对它"体"了半天"物"，一个说"有类软枣"，一个说"似生荔枝"。唐宋以后，就比较普遍，不是那样珍贵难得了。宋朝有一个和尚画家温日观就专门画葡萄。

张骞带回的葡萄是什么品种的呢？从"葡萄海马镜"上看不出。从拓片上看，只是黑的一串，果粒是圆的。

魏文帝吃的是什么葡萄？不知道。他只说是这种葡萄很好吃："当其夏末涉秋，尚有余暑，醉酒宿醒，掩露而食，甘而不饴，脆而不酸，冷而不寒，味长汁多，除烦解倦"，没有说是什么颜色，什么形状——他吃的葡萄是"脆"的，这是什么葡萄？……

温日观所画的葡萄，我所见到的都是淡墨的，没有着色。从墨色看，是深紫的。果粒都做正圆，有点像是秋紫或是金铃。

反正，张骞带回来的、曹丕吃的、温日观画的，都不是玫瑰香。

中国现在的葡萄以玫瑰香为大宗。以玫瑰香为其大宗的现在的中国葡萄是从山东传开来的。其时最早不超过明代。

山东的葡萄是外国的传教士带进来的。

他们最先带来的是葡萄酒——这种葡萄酒是洋酒，和"葡萄美酒夜光杯"的葡萄酒是两码事。这是传教必不可少的东西。在做礼拜领圣餐的时候，都要让信徒们喝一口葡萄酒，这是耶稣的血。传教士们漂洋过海地到中国来，船上总要带着一桶一桶的葡萄酒。

从本国带酒来很不方便，于是有的教士就想起带了葡萄苗来，到中国来种。收了葡萄，就地酿酒。

他们把葡萄种在教堂墙内的花园里。

中国的农民留神看他们种葡萄。哦，是这样的！这个农民撅了几根葡萄藤，插在土里。葡萄出芽了，长大了，结了很多葡萄。

这就传开了。

现在，中国到处都是玫瑰香。

这故事是一个种葡萄的果农告诉我的。他说：中国的农民是很能干的。什么事都瞒不过中国人。中国人一看就会。

葡萄月令

一月，下大雪。

雪静静地下着。果园一片白。听不到一点声音。

葡萄睡在铺着白雪的窖里。

二月里刮春风。

立春后，要刮四十八天"摆条风"。风摆动树的枝条，树醒了，忙忙地把汁液送到全身。树枝软了。树绿了。

雪化了，土地是黑的。

黑色的土地里，长出了茵陈蒿。碧绿。

葡萄出窖。

把葡萄窖一锹一锹挖开。挖下的土，堆在四面。葡萄藤露出来了，乌黑的。有的梢头已经绽开了芽苞，吐出指甲大的苍白的小叶。它已经等不及了。

把葡萄藤拉出来，放在松松的湿土上。

不大一会，小叶就变了颜色，叶边发红——又不大一会，绿了。

三月，葡萄上架。

先得备料。把立柱、横梁、小棍，槐木的、柳木的、杨木的、桦木的，按照树棵大小，分别堆放在旁边。立柱有汤碗口粗的、饭碗口粗的、茶杯口粗的。一棵大葡萄得用八根、十根，乃至十二根立柱。中等的，六根、四根。

先刨坑，竖柱。然后搭横梁，用粗铁丝紧。然后搭小棍，用细铁丝缚住。

然后，请葡萄上架。把在土里趴了一冬的老藤扛起来，得费一点劲。大的，得四五个人一起来。"起！——起！"哎，它起来了。把它放在葡萄架上，把枝条向三面伸开，像五个指头一样地伸开，扇面似的伸开。然后，用麻筋在小棍上固定住。葡萄藤舒舒展展、凉凉快快地在上面呆着。

上了架，就施肥。在葡萄根的后面，距主干一尺，挖一道半月形的沟，把大粪倒在里面。葡萄上大粪，不用稀释，就这样把原汁大粪倒下去。大棵的，得三四桶。小葡萄，一桶也就够了。

四月，浇水。

挖窖挖出的土，堆在四面，筑成垄，就成一个池子。池里放满了水。葡萄园里水气泱泱，沁人心肺。

葡萄喝起水来是惊人的。它真是在喝哎！葡萄藤的组织跟别的果树不一样，它里面是一根一根细小的导管。这一点，中国的古人早就发现了。《图经》云："根苗中空相通。圃人将货之，欲得厚利，暮溉其根，而晨朝水浸子中矣，故俗呼其苗为木通。""暮溉其根，而晨朝水浸子中矣"，是不对的，葡萄成熟了，就不能再浇水了。再浇，果粒就会涨破。"中空相通"却是很准确的。浇了水，不大一会，它就从根直吸到梢，简直是小孩

［清］恽寿平，花果图卷。

喝奶似的拼命往上喝。浇过了水，你再回来看看吧：梢头切断过的破口，就嗒嗒地往下滴水了。

是一种什么力量使葡萄拼命地往上吸水呢？

施了肥，浇了水，葡萄就使劲抽条、长叶子。真快！原来是几根根枯藤，几天功夫，就变成青枝绿叶的一大片。

五月，浇水，喷药，打梢，掐须。

葡萄一年不知道要喝多少水，别的果树都不这样。别的果树都是刨一个"树碗"，往里浇几担水就得了，没有像它这样地"漫灌"，整池子地喝。

喷波尔多液。从抽条长叶，一直到坐果成熟，不知道要喷多少次。喷了波尔多液，太阳一晒，葡萄叶子就都变成蓝的了。

葡萄抽条，丝毫不知节制，它简直是瞎长！几天功夫，就抽出好长的一截新条。这样长法还行呀，还结不结果呀？因此，过几天就得给它打一次条。葡萄打条，也用不着什么技巧，是个人就能干，拿起树剪，劈劈啪啪，把新抽出来的一截都给它铰了就得了。一铰，一地的长着新叶的条。

葡萄的卷须，在它还是野生的时候是有用的，好攀附在别的什么树木上。现在，已经有人给它好好地固定在架上了，就一点用也没有了。卷须这东西最耗养分——凡是作物，都是优先把养分输送到顶端，因此，长出来就给它掐了，长出来就给它掐了。

葡萄的卷须有一点淡淡的甜味。这东西如果腌成咸菜，大概不难吃。

五月中下旬，果树开花了。果园，美极了。梨树开花了，苹果树开花了，葡萄也开花了。

都说梨花像雪，其实苹果花才像雪，雪是厚重的，不是透明的。梨花像什么呢？——梨花的瓣子是月亮做的。

有人说葡萄不开花，哪能呢，只是葡萄花很小，颜色淡黄微绿，不钻进葡萄架是看不出的。而且它开花期很短。很快，就结出了绿豆大的葡萄粒。

六月，浇水、喷药、打条、掐须。

葡萄粒长了一点了，一颗一颗，像绿玻璃料做的纽子。硬的。

葡萄不招虫。葡萄会生病，所以要经常喷波尔多液。但是它不像桃，桃有桃食心虫；梨，梨有梨食心虫。葡萄不用疏虫果。——果园每年疏虫果是要费很多工的。虫果没有用，黑黑的一个半干的球，可是它耗养分呀！所以，要把它"疏"掉。

七月，葡萄"膨大"了。

掐须、打条、喷药，大大地浇一次水。

追一次肥。追硫铵。在原来施粪肥的沟里撒上硫铵。然后，就把沟填平了。把硫铵封在里面。

汉朝是不会追这次肥的，汉朝没有硫铵。

八月，葡萄"着色"。

你别以为我这里是把画家的术语借用来了。不是的。这是果农语言，他们就叫"着色"。

下过大雨，你来看看葡萄园吧，那叫好看！白的像白玛瑙，红的像红宝石，紫的像紫水晶，黑的像黑玉。一串一串，饱满、磁棒、挺括，璀璨琳琅。你就把《说文解字》里的带玉字偏旁的字都搬了来吧，那也不够用呀！

可是你得快来！明天，对不起，你全看不到了。我们要喷波尔多液了。一喷波尔多液，它们的晶莹鲜艳全都没有了，它们蒙上一层蓝兮兮、白乎乎的东西，成了磨砂玻璃。我们不得不这样干。葡萄是吃的，不是看的。我们得保护它。

过不了两天，就下葡萄了。

一串一串剪下来，把病果、瘪果去掉，妥妥地放在果筐里，果筐满了，盖上盖，要一个棒小伙子跳上去蹦两下，用麻筋缝的筐盖。——新下的果子，不怕压，它很结实，压不坏。倒怕是装不紧，咣里咣当的。那，来回一晃悠，全得烂！

葡萄装上车，走了。

去吧，葡萄，让人们吃去吧！

九月的果园像一个生过孩子的少妇，宁静、幸福，而慵懒。

　　我们还要给葡萄喷一次波尔多液。哦，下了果子，就不管了？人，总不能这样无情无义吧。

　　十月，我们有别的农活。我们要去割稻子。葡萄，你愿意怎么长，就怎么长着吧。

　　十一月，葡萄下架。

　　把葡萄架拆下来。检查一下，还能再用的，搁在一边。糟朽了的，只好烧火。立柱、横梁、小棍，分别堆垛起来。

　　剪葡萄条。干脆得很，除了老条，一概剪光。葡萄又成了一个大秃子。

　　剪下的葡萄条，挑有三个芽眼的，剪成二尺多长的一截，捆起来，放在屋里，准备明春插条。

　　其余的，连枝带叶，都用竹笤帚扫成一堆，装走了。

　　葡萄园光秃秃。

　　十一月下旬，十二月上旬，葡萄入窖。

　　这是个重活。把老本放倒，挖土把它埋起来。要埋得很厚实。外面要用铁锹拍平。这个活不能马虎。都要经过验收，才给记工。

葡萄窖，一个一个长方形的土墩墩。一行一行，整整齐齐地排列着。风一吹，土色发了白。

这真是一年的冬景了。热热闹闹的果园，现在什么颜色都没有了。眼界空阔，一览无余，只剩下发白的黄土。

下雪了。我们踏着碎玻璃碴似的雪，检查葡萄窖，扛着铁锹。

一到冬天，要检查几次。不是怕别的，怕老鼠打了洞。葡萄窖里很暖和，老鼠爱往这里面钻。它倒是暖和了，咱们的葡萄可就受了冷啦！

载一九八一年第十二期《安徽文学》

人间草木

山丹丹

我在大青山挖到一棵山丹丹。这棵山丹丹的花真多。招待我们的老堡垒户看了看，说："这棵山丹丹有十三年了。"

"十三年了？咋知道？"

"山丹丹长一年，多开一朵花。你看，十三朵。"

山丹丹记得自己的岁数。

我本想把这棵山丹丹带回呼和浩特，想了想，找了把铁锹，把老堡垒户的开满了蓝色党参花的土台上刨了个坑，把这棵山丹丹种上了。问老堡垒户：

"能活？"

"能活。这东西，皮实。"

大青山到处是山丹丹，开七朵花、八朵花的，多的是。

山丹丹花开花又落，

一年又一年……

这支流行歌曲的作者未必知道，山丹丹过一年多开一朵花，唱歌的歌星就更不会知道了。

枸　杞

枸杞到处都有。枸杞头是春天的野菜。采摘枸杞的嫩头，略焯过，切碎，与香干丁同拌，浇酱油、醋、香油；或入油锅爆炒，皆极清香。夏末秋初，开淡紫色小花，谁也不注意。随即结出小小的红色的卵形浆果，即枸杞子。我的家乡叫做狗奶子。

我在玉渊潭散步，在一个山包下的草丛里看见一对老夫妻弯着腰在找什么。他们一边走，一边搜索。走几步，停一停，弯腰。

"您二位找什么？"

"枸杞子。"

"有吗？"

老同志把手里一个罐头玻璃瓶举起来给我看，已经有半瓶了。

"不少！"

"不少！"

他解嘲似地哈哈笑了几声。

[清]恽寿平，山水花卉图（之九）。

"您慢慢捡着。"

"慢慢捡着！"

看样子这对老夫妻是离休干部，穿得很整齐干净，气色很好。

他们捡枸杞子做什么？是配药？泡酒？看来都不完全是。真要是需要，可以托熟人从宁夏捎一点或寄一点来。——听口音，老同志是西北人，那边肯定会有熟人。

他们捡枸杞子其实只是玩！一边走着，一边捡枸杞子，这比单纯的散步要有意思。这是两个童心未泯的老人，两个老孩子！

人老了，是得学会这样的生活。看来，这二位中年时也是很会生活，会从生活中寻找乐趣的。他们为人一定很好，很厚道。他们还一定不贪权势，甘于淡泊。夫妻间一定不会为柴米油盐、儿女婚嫁而吵嘴。

从钓鱼台到甘家口商场的路上，路西，有一家的门头上种了很大的一丛枸杞，秋天结了很多枸杞子，通红通红的，礼花似的，喷泉似的垂挂下来，一个珊瑚珠穿成的华盖，好看极了。这丛枸杞可以拿到花会上去展览。这家怎么会想起在门头上种一丛枸杞？

槐　花

玉渊潭洋槐花盛开，像下了一场大雪，白得耀眼。来了放蜂的人。蜂箱都放好了，他的"家"也安顿了。一个刷了涂料的很厚的黑色的帆布篷子。里面打了两道土堰，上面架起几块木板，是床。床上一卷铺盖。地上排着油瓶、酱油瓶、醋瓶。一个白铁桶里已经有多半桶蜜。外面一个蜂窝煤炉子上坐着锅。一个女人在案板上切青蒜。锅开了，她往锅里下了一把干切面。不大会儿，面熟了，她把面捞在碗里，加了作料，撒上青蒜，在一个碗里舀了半勺豆瓣。一人一碗。她吃的是加了豆瓣的。

蜜蜂忙着采蜜，进进出出，飞满一天。

我跟养蜂人买过两次蜜，绕玉渊潭散步回来，经过他的棚子，大都要在他门前树墩上坐一坐，抽一支烟，看他收蜜，刮蜡，跟他聊两句，彼此都熟了。

这是一个五十岁上下的中年人，高高瘦瘦的，身体像是不太好，他做事总是那么从容不迫，慢条斯理的。样子不像个农民，倒有点像一个农村小学校长。听口音，是石家庄一带的。他到过很多省。哪里有鲜花，就到哪里去。菜花开的地方，玫瑰花开的地方，苹果花开的地方，枣花开的地方。每年都到南方去过冬，广西、贵州。到了春暖，再往北翻。我问他是不是枣花蜜最好，他说是荆条花的蜜最好。这很出乎我的意外。荆条是个不起眼的东西，而且我从来没有见过荆条开花，想不到荆条花蜜却是最好的蜜。我想他每年收入应当不错。他说比一般农民要好一些，但是也落不下多少：蜂具，路费；而且每年要赔几十斤白糖——蜜蜂冬天不采蜜，得喂它糖。

女人显然是他的老婆。不过他们岁数相差太大了。他五十了，女人也就是三十出头。而且，她是四川人，说四川话。我问他：你们是怎么认识的？他说：她是新繁县人。那年他到新繁放蜂，认识了。她说北方的大米好吃就跟来了。

有那么简单？也许她看中了他的脾气好，喜欢这样安静平和的性格？也许她觉得这种放蜂生活，东南西北到处跑，好耍？这是一种农村式的浪漫主义。四川女孩子做事往往很洒脱，想咋个就咋个，不像北方女孩子有那么多考虑。他们结婚已经几年了。丈夫对她好，她对丈夫也很体贴。她觉得她的选择没有错，很满意，不后悔。我问养蜂人：她回去过没有？他说：回去过一次，一个人，他让她带了两千块钱，她买了好些礼物送人，风风光光地回了一趟新繁。

一天，我没有看见女人，问养蜂人，她到哪里去了。养蜂人说，到我那大儿子家去了，去接我那大儿子的孩子。他有个大儿子，在北京工作，在汽车修配厂当工人。

她抱回来一个四岁多的男孩子，带着他在棚子里住了几天。她带他到甘家口商场买衣服，买鞋，买饼干，买冰糖葫芦。男孩子在床上玩鸡啄米，她靠着被窝用钩针给他钩一顶大红的毛线帽子。她很爱这个孩子。这种爱是完全非功利的，既不是讨丈夫的欢心，也不是为了和丈夫的儿子一家搞好关系。这是一颗很善

［清］任颐，长安古槐图。

良、很美的心。孩子叫她奶奶，奶奶笑了。

过了几天，她把孩子又送了回去。

过了两天，我去玉渊潭散步，养蜂人的棚子拆了，蜂箱集中在一起。等我散步回来，养蜂人的大儿子开来一辆卡车，把棚柱、木板、煤炉、锅碗和蜂箱装好，养蜂人两口子坐上车，卡车开走了。

玉渊潭的槐花落了。

载一九九〇年第三期《散文》

南山塔松

所谓南山者，是一片塔松林。

乌鲁木齐附近，可游之处有二，一为南山，一为天池。凡到乌鲁木齐者，无不往。

南山是天山的边缘，还不是腹地。南山是牧区。汽车渐入南山境，已经看到牧区景象。两边的山起伏连绵，山势皆平缓，望之浑然，遍山长着茸茸的细草。去年雪不大，草很短。老远的就看到山间错错落落，一丛一丛的塔松，黑黑的。

汽车路尽，舍车从山涧两边的石径向上走，进入松林深处。

塔松极干净，叶片片片如新拭，无一枯枝，颜色蓝绿。空气也极干净。我们藉草倚树吃西瓜，起身时衣裤上都沾了松脂。

新疆雨量很少，空气很干燥，南山雨稍多，本地人说："一块帽子大的云也能下一阵雨。"然而也不过只是帽子大的云的那么一点雨耳，南山也还是干燥的。然而一棵一棵塔松密密地长起来了，就靠了去年的雪和那么一点雨。塔松林中草很丰盛，花很多，树下可以捡到蘑菇。蘑菇大如掌，洁白细嫩。

塔松带来了湿润，带来了一片雨意。

树是雨。

南山之胜处为杨树沟、菊花台，皆未往。

摘自《天山行色》

一九八二年九月二十二日起手写于兰州，

十月七日北京写讫。

载一九八三年第一期《北京文学》

花

荷　花

　　我们家每年要种两缸荷花，种荷花的藕不是吃的藕，要瘦得多，节间也长，颜色黄褐，叫做"藕秋子"。在缸底铺一层马粪，厚约半尺，把藕秋子盘在马粪上，倒进多半缸河泥，晒几天，到河泥坼裂有缝，倒两担水，将平缸沿。过个把星期，就有小荷叶嘴冒出来。过几天荷叶长大了，冒出花骨朵了。荷花开了，露出嫩黄的小莲蓬，很多很多花蕊。清香清香的。荷花好像说："我开了。"

　　荷花到晚上要收朵。轻轻地合成一个大骨朵。第二天一早，又放开，荷花收了朵，就该吃晚饭了。

　　下雨了。雨打在荷叶上啪啪地响。雨停了，荷叶面上的雨水水银似的摇晃。一阵大风，荷叶倾倒，雨水流泻下来。

　　荷叶的叶面为什么不沾水呢？

荷叶粥和荷叶粉蒸肉都很好吃。

荷叶枯了。

下大雪，荷叶缸中落满了雪。

报春花·毋忘我

昆明报春花到处都有。圆圆的小叶子，柔软的细梗子，淡淡的紫红色的成簇的小花，由梗的两侧开得满满的，谁也不把它当做"花"。连根挖起来，种在浅盆里，能活。这就是翻译小说里常常提到的樱草。

偶然在北京的花店里看到十多盆报春花，种在青花盆里，标价相当贵，不禁失笑。昆明人如果看到，会说："这也卖？"

Forget-me-not——毋忘我，名字很有诗意，花实在并不好看。草本，矮棵，几乎是贴地而生的。抽条颇多，一丛一丛的。灰绿色的布做的似的皱皱的叶子。花甚小，附茎而开，颜色正蓝。蓝色很正，就像国画颜色中的"三蓝"。花里头像这样纯正的蓝色的还很少见——一般蓝色的花都带点紫。

为什么西方人把这种花叫做forget-me-not呢？是不是思念是蓝色的？

昆明人不管它什么毋忘我，什么forget-me-not，叫它"狗屎花"！

这叫西方的诗人知道，将谓大煞风景。

绣　球

绣球，周天民编绘的《花卉画谱》上说：

> 绣球，虎儿草科，落叶灌木，高达一二丈，干皮带皱。叶大椭圆形，边缘有锯齿。春月开花，百朵成簇，如球状而肥大。小花五出深裂，瓣端圆，有短柄，其色有淡紫、红、白。百株成簇，俨如玉屏。

我始终没有分清绣球花的小花到底是几瓣，只觉得是分不清瓣的一个大花球。我偶尔画绣球，也是以意为之地画了很多簇在一起的花瓣，哪一瓣属于哪一朵小花，不管它！

绣球花是很好养的，不需要施肥，也不要浇水，不用修枝，也少长虫，到时候就开出一球一球很大的花，白得像雪，非常灿烂。这花是不耐细看的，只是赫然地在你眼前轻轻摇晃。

我以前看过的绣球都是白的。

我有个堂房的小姑妈——她比我才大一岁，绣球花开的时候，她就折了几大球，插在一个白瓷瓶里，她在花下面写小字。

她是订过婚的。

[清] 金农，花卉蔬果图（之四）。

听说她婚后的生活很不幸，我那位姑父竟至动手打她。

前年听说，她还在，胖得不得了。

绣球花云南叫做"粉团花"。民歌里有用粉团花来形容女郎长得好看的。用粉团花来形容女孩子，别处的民歌似还没有见过。

我看过的最好的绣球是在泰山。泰山人养绣球是一种风气。一个茶馆里的院子里的石凳上放着十来盆绣球。开得极好。盆面一层厚厚的喝剩的茶叶。是不是绣球宜浇残茶？泰山盆栽的绣球花头较小，花瓣较厚，瓣做豆绿色。这样的绣球是可以细看的。

杜鹃花

淡淡的三月天，

杜鹃花开在山坡上，

杜鹃花开在小溪旁，

多美丽哦。

乡村家的小姑娘，

乡村家的小姑娘。

这是抗日战争期间昆明的小学生很爱唱的一首歌。董林肯词，徐守廉曲。这是一首曲调明快的抒情歌，很好听。不单小学生爱唱，中学生也爱唱，大学生也有爱唱的，因为一听就记住了。

董林肯和徐守廉是同济大学的学生，原来都是育才中学毕业的。育才中学是全面培养学生才能的，而且是实行天才教育的学校。学生多半有艺术修养。董林肯、徐守廉都是学工的（同济大学是工科大学），但都对艺术有很虔诚的兴趣，因此能写词谱曲。

我是怎么认识他们俩的呢？因为董林肯主办了班台莱耶夫的《表》的演出，约我去给演员化妆。我到同济大学的宿舍里去见他们，认识了，那时在昆明，只要有艺术上的共同爱好，有人一介绍，就会熟起来的。

董林肯为什么要主持《表》的演出？我想是由于在昆明当时没有给孩子看的戏。他组织这次演出是很辛苦的，而且演戏总有些叫人头疼的事，但是还是坚持了下来。他不图什么，只是因为有一颗班台莱耶夫一样的爱孩子的心。

我记得这个戏的导演是劳元干。演员里我记得演监狱看守的，是刺杀孙传芳的施剑翘的弟弟，他叫施什么我已经忘记了。他是个身材魁梧的胖子。我管化妆，主要是给他贴一个大仁丹胡子。

有当时有中国秀兰·邓波儿之称的小明星，长大后曾参与搜集整理《阿诗玛》，现在写小说、散文的女作家刘绮。有一次，不知为什么，剧团内部闹了意见，戏几乎开不了场，刘绮在后台大哭。刘绮一哭，事情就解决了。

刘绮，有这回事么？

前几年我重到昆明，见到刘绮。她还能看出一点小时候的模样。不过，听说已经当了奶奶了。

不知道为什么，我有时还会想起董林肯和徐守廉。我觉得这是两个对艺术的态度极其纯真，像我前面所说的，虔诚的人。他们身上没有一点明星气、流氓气。这是两个通身都是书卷气的搞艺术的人。

淡淡的三月天，

杜鹃花开在山坡上，

杜鹃花开在小溪旁……

木香花

我的舅舅家有一架木香花。木香花开，我们就揪下几撮——木香柄长，似海棠，梗带着枝，一揪，可揪下一撮，养在浅口瓶里，可经数日。

木香亦称"锦栅儿"，枝条甚长。从运河的御码头上船，到快近车逻，有一段，两岸全是木香，枝条伸向河上，搭成了一个长约一里的花棚。小轮船从花棚下开过，如同仙境。

前几年我回故乡一次，说起这一段运河两岸的木香花棚，谁也不知道。我有点怀疑：我是不是做梦？

昆明木香花极多。观音寺南面，有一道水渠，渠的两沿，密密地长了木香。

我和朱德熙曾于大雨少歇之际，到莲花池闲步。雨下起来了，我们赶快到一个小酒馆避雨。要了两杯市酒（昆明的绿陶高杯，可容三两），一碟猪头肉，坐了很久。连日下雨，墙角积苔甚厚。檐下的几只鸡都缩着一脚站着。天井里有很大的一棚木香花，把整个天井都盖满了。木香的花、叶、花骨朵，都被雨水湿透，都极肥壮。

四十年后，我写了一首诗，用一张毛边纸写成一个斗方，寄给德熙：

　　莲花池外少行人，
　　野店苔痕一寸深。
　　浊酒一杯天过午，
　　木香花湿雨沉沉。

德熙很喜欢这幅字，叫他的儿子托了托，配一个框子，挂在他的书房里。

德熙在美国病逝快半年了，这幅字还挂在他在北京的书房里。

一九九三年一月二十九日

载一九九三年第四期《收获》

腊梅花

"雪花、冰花、腊梅花……"我的小孙女这一阵老是唱这首儿歌。其实她没有见过真的腊梅花，只是从我画的画上见过。

周紫芝《竹坡诗话》云："东南之有腊梅，盖自近时始。余为儿童时，犹未之见。元间，鲁直诸公方有诗，前此未尝有赋此诗者。政和间，李端叔在姑溪，元夕见之僧舍中，尝作两绝，其后篇云：'程氏园当尺五天，千金争赏凭朱栏。莫因今日家家有，便作寻常两等看。'观端叔此诗，可以知前日之未尝有也。"看他的意思，腊梅是从北方传到南方去的。但是据我的印象，现在倒是南方多，北方少见，尤其难见到长成大树的。我在颐和园藻鉴堂见过一棵，种在大花盆里，放在楼梯拐角处。因为不是开花的时候，绿叶披纷，没有人注意。和我一起住在藻鉴堂的几个搞剧本的同志，都不认识这是什么。

我的家乡有腊梅花的人家不少。我家的后园有四棵很大的腊梅。这四棵腊梅，从我记事的时候，就已经是那样大了。很可能是我的曾祖父在世的时候种的。这样大的腊梅，我以后在别处没有见过。主干有汤碗口粗细，并排种在一个砖砌的花台上。这四棵腊梅的花心是紫褐色的，按说这是名种，即所谓"檀心磬口"。腊梅有两种，一种是檀心的，一种是白心的。我的家乡偏重白心的，美其名曰"冰心腊梅"，而将檀心的贬为"狗心腊梅"。腊梅和狗有什么关系呢？真是毫无道理！因为它是狗心的，我们也就不大看得起它。

不过凭良心说，腊梅是很好看的。其特点是花极多——这也是我们不太珍惜它的原因。物稀则贵，这样多的花，就没有什么稀罕了。每个枝条上都是花，无一空枝。而且长得很密，一朵挨着一朵，挤成了一串。这样大的四棵大腊梅，满树繁花，黄灿灿地吐向冬日的晴空，那样的热热闹闹，而又那样的安安静静，实在是一个不寻常的境界。不过我们已经司空见惯，每年都有一回。

每年腊月，我们都要折腊梅花。上树是我的事。腊梅木质疏松，枝条脆弱，上树是有点危险的。不过腊梅多枝杈，便于登踏，而且我年幼身轻，正是"一日上树能千回"的时候，从来也没有掉下来过。我的姐姐在下面指点着："这枝，这枝！——哎，对了，对了！"我们要的是横斜旁出的几枝，这样的不蠢；要的是几朵半开，多数是骨朵的，这样可以在瓷瓶里养好几天——如果是全开的，几天就谢了。

下雪了，过年了。大年初一，我早早就起来，到后园选摘几枝全是骨朵的腊梅，把骨朵都剥下来，用极细的铜丝——这种铜丝是穿珠花用的，就叫做"花丝"，把这些骨朵穿成插鬓的花。我们县北门的城门口有一家穿珠花的铺子，我放学回家路过，总要钻进去看几个女工怎样穿珠花，我就用她们的办法穿成各式各样的腊梅珠花。我在这些腊梅珠子花当中嵌了几粒天竺果——我家后园的一角有一棵天竺。黄腊梅、红天竺，我到现在还很得意：那是真很好看的。我把这些腊梅珠花送给我的祖母，送给大伯母，送给我的继母。她们梳了头，就插戴起来。然后，互相拜年。我应该当一个工艺美术师的，写什么屁小说！

一九八七年二月十八日

载一九八七年第六期《作家》

绣球花

　　泰山五大夫松附近有一家茶馆。爬了一气山，进去喝了壶热茶，太好了。水好，茶叶不错，房屋净洁，座位也舒服。

　　茶馆有一个院子，院里的石条上放了十多盆绣球花。这里的绣球的花头比我在别处看过的小。别处的绣球一球有一个脑袋大，这里的只比拳头略大一点。花瓣不像别处的是纯白的，是豆绿色的。花瓣较小而略厚。干不高，不到二尺；枝多横生。枝干皆老，如盆景。叶深墨绿色，甚整齐，无一叶残败。这些绣球显出一种充足而又极能自制的生命力。我不知道这样的豆绿色的绣球是泰山的水土使然，还是别是一种。茶馆的主人以茶客喝剩的茶水浇之，盆面积了颇厚的茶叶。这几盆绣球真美，美得使人感动。我坐在花前，谛视良久，恋恋不忍即去，别之已十几年，犹未忘。

摘自《泰山拾零》

载一九八七年第一卷第二期《文学家》

夏　天

夏天的早晨真舒服。空气很凉爽，草上还挂着露水（蜘蛛网上也挂着露水），写大字一张，读古文一篇。夏天的早晨真舒服。

凡花大都是五瓣，栀子花却是六瓣。山歌云："栀子花开六瓣头。"栀子花粗粗大大，色白，近蒂处微绿，极香，香气简直有点叫人受不了，我的家乡人说是："碰鼻子香。"栀子花粗粗大大，又香得掸都掸不开，于是为文雅人不取，以为品格不高。栀子花说："去你妈的，我就是要这样香，香得痛痛快快，你们他妈的管得着嘛！"

人们往往把栀子花和白兰花相比。苏州姑娘串街卖花，娇声叫卖："栀子花！白兰花！"白兰花花朵半开，娇娇嫩嫩，如象牙白色，香气文静，但有点甜俗，为上海长三堂子的"倌人"所喜，因为听说白兰花要到夜间枕上才格外地香。我觉得红"倌人"的枕上之花，不如船娘鬓边花更为刺激。

夏天的花里最为幽静的是珠兰。

牵牛花短命。早晨沾露才开，午时即已萎谢。

秋葵也命薄。瓣淡黄，白心，心外有紫晕。风吹薄瓣，楚楚可怜。

凤仙花有单瓣者，有重瓣者。重瓣者如小牡丹，凤仙花茎粗肥，湖南人用以腌"臭咸菜"，此吾乡所未有。

马齿苋、狗尾巴草、益母草，都长得非常旺盛。

淡竹叶开浅蓝色小花，如小蝴蝶，很好看。叶片微似竹叶而较柔软。

"万把钩"即苍耳。因为结的小果上有许多小钩，碰到它就会挂在衣服上，得小心摘去。所以孩子叫它"万把钩"。

我们那里有一种"巴根草"，贴地而长，是见缝扎根，一棵草蔓延开来，长了很多根，横的，竖的，一大片。而且非常顽强，拉扯不断。很小的孩子就会唱：

巴根草，

绿茵茵，

唱个唱，

把狗听。

最讨厌的是"臭芝麻"。掏蟋蟀、捉金铃子，常常沾了一裤腿。其臭无比，很难除净。

西瓜以绳络悬之井中，下午剖食，一刀下去，喀嚓有声，凉气四溢，连眼睛都是凉的。

天下皆重"黑籽红瓤"，吾乡独以"三白"为贵：白皮、白瓤、白籽。"三白"以东墩产者最佳。

香瓜有：牛角酥，状似牛角，瓜皮淡绿色，刨去皮，则瓜肉浓绿，籽赤红，味浓而肉脆，北京亦有，谓之"羊角蜜"；虾蟆酥，不甚甜而脆，嚼之有黄瓜香；梨瓜，大如拳，白皮、白瓤，生脆有梨香；有一种较大，皮色如虾蟆，不甚甜，而极"面"，孩子们称之为"奶奶哼"，说奶奶一边吃，一边"哼"。

蝈蝈，我的家乡叫做"叫蚰子"。叫蚰子有两种。一种叫"侉叫蚰子"。那真是"侉"，跟一个叫驴子似的，叫起来"咶咶咶咶"很吵人。喂它一点辣椒，更吵得厉害。一种叫"秋叫蚰子"，全身碧绿如玻璃翠，小巧玲珑，鸣声亦柔细。

别出声，金铃子在小玻璃盒子里爬哪！它停下来，吃两口食——鸭梨切成小骰子块。它叫了，丁铃铃铃……

乘凉。

搬一张大竹床放在天井里，横七竖八一躺，浑身爽利，暑气全消。看月华。月华五色晶莹，变幻不定，非常好看。月亮周围有一个模模糊糊的大圆圈，谓之"风圈"，近几天会刮风。"乌猪子过江了"——黑云漫过天河，要下大雨。

一直到露水下来，竹床子的栏杆都湿了，才回去，这时已经很困了，才沾藤枕（我们那里夏天都枕藤枕或漆枕），已入梦乡。

鸡头米老了，新核桃下来了，夏天就快过去了。

载一九九四年第六期《大家》

夏天的昆虫

蝈 蝈

蝈蝈我们那里叫做"叫蛐子"。因为它长得粗壮结实，样子也不大好看，还特别在前面加一个"侉"字，叫做"侉叫蛐子"。这东西就是会呱呱地叫。有时嫌它叫得太吵人了，在它的笼子上拍一下，它就大叫一声："呱！——"停止了。它什么都吃。据说吃了辣椒更爱叫，我就挑顶辣的辣椒喂它。早晨，掐了南瓜花（谎花）喂它，只是取其好看而已。这东西是咬人的。有时捏住笼子，它会从竹篦的洞里咬你的指头肚子一口！

另有一种秋叫蛐子，较晚出，体小，通身碧绿如玻璃料，叫声轻脆。秋叫蛐子养在牛角做的圆盒中，顶面有一块玻璃。我能自己做这种牛角盒子，要紧的是弄出一块大小合适的圆玻璃。把玻璃放在水盆里，用剪子剪，则不碎裂。秋叫蛐子价钱比侉叫蛐子贵得多。养好了，可以越冬。

115

［清］牟义，杂花册。

116

叫蚰子是可以吃的。得是三尾的，腹大多子。扔在枯树枝火中，一会儿就熟了。味极似虾。

蝉

蝉大别有三类。一种是"海溜"，最大，色黑，叫声洪亮。这是蝉里的楚霸王，生命力很强。我曾捉了一只，养在一个断了发条的旧座钟里，活了好多天。一种是"嘟溜"，体较小，绿色而有点银光，样子最好看，叫声也好听："嘟溜——嘟溜——嘟溜。"一种叫"叽溜"，最小，暗赭色，也是因其叫声而得名。

蝉喜欢栖息在柳树上。古人常画"高柳鸣蝉"，是有道理的。

北京的孩子捉蝉用粘竿——竹竿头上涂了粘胶。我们小时候则用蜘蛛网。选一根结实的长芦苇，一头撅成三角形，用线缚住，看见有大蜘蛛网就一绞，三角里络满了蜘蛛网，很黏。瞅准了一只蝉，轻轻一捂，蝉的翅膀就被粘住了。

佝偻丈人承蜩，不知道用的是什么工具。

蜻 蜓

家乡的蜻蜓有三种。

一种极大，头胸浓绿色，腹部有黑色的环纹，尾部两侧有革

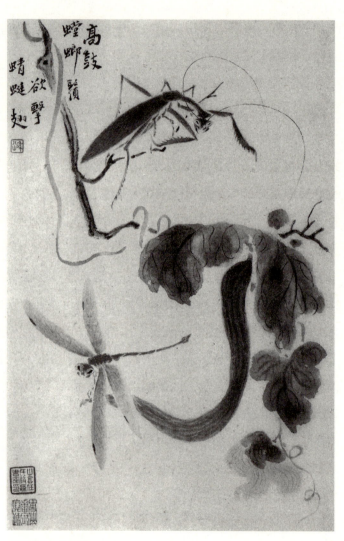

［清］华岳，杂画册。

质的小圆片，叫做"绿豆钢"。这家伙厉害得很，飞时巨大的翅膀磨得嚓嚓地响。或捉之置室内，它会对着窗玻璃猛撞。

一种即常见的蜻蜓，有灰蓝色和绿色的。蜻蜓的眼睛很尖，但到黄昏后眼力就有点不济。它们栖息着不动，从后面轻轻伸手，一捏就能捏住。玩蜻蜓有一种恶作剧的玩法：掐一根狗尾巴草，把草茎插进蜻蜓的屁股，一撒手，蜻蜓就带着狗尾巴草的穗子飞了。

一种是红蜻蜓。不知道什么道理，说这是灶王爷的马。

另有一种纯黑的蜻蜓。身上、翅膀都是深黑色，我们叫它鬼蜻蜓，因为它有点鬼气。也叫"寡妇"。

刀　螂

刀螂即螳螂。螳螂是很好看的。螳螂的头可以四面转动。螳螂翅膀嫩绿，颜色和脉纹都很美。昆虫翅膀好看的，为螳螂，为纺织娘。

或问：你写这些昆虫什么意思？答曰：我只是希望现在的孩子也能玩玩这些昆虫，对自然发生兴趣。现在的孩子大都只在电子玩具包围中长大，未必是好事。

载一九八七年第九期《北京文学》

昆明的雨

宁坤要我给他画一张画，要有昆明的特点。我想了一些时候，画了一幅：右上角画了一片倒挂着的浓绿的仙人掌，末端开出一朵金黄色的花；左下画了几朵青头菌和牛肝菌。题了这样几行字：

"昆明人家常于门头挂仙人掌一片以辟邪，仙人掌悬空倒挂，尚能存活开花，于此可见仙人掌生命之顽强，亦可见昆明雨季空气之湿润。雨季则有青头菌、牛肝菌，味极鲜腴。"

我想念昆明的雨。

我以前不知道有所谓雨季。"雨季"，是到昆明以后才有了具体感受的。

我不记得昆明的雨季有多长，从几月到几月，好像是相当长的。但是并不使人厌烦。因为是下下停停、停停下下，不是连绵不断，下起来没完。而且并不使人气闷。我觉得昆明雨季气压不低，人很舒服。

昆明的雨季是明亮的、丰满的，使人动情的。城春草木深，孟夏草木长。昆明的雨季，是浓绿的。草木的枝叶里的水分都到了饱和状态，显示出过分的、近于夸张的旺盛。

　　我的那张画是写实的。我确实亲眼看见过倒挂着还能开花的仙人掌。旧日昆明人家门头上用以辟邪的多是这样一些东西：一面小镜子，周围画着八卦，下面便是一片仙人掌——在仙人掌上扎一个洞，用麻线穿了，挂在钉子上。昆明仙人掌多，且极肥大。有些人家在菜园的周围种了一圈仙人掌以代替篱笆——种了仙人掌，猪羊便不敢进园吃菜了。仙人掌有刺，猪和羊怕扎。

　　昆明菌子极多。雨季逛菜市场，随时可以看到各种菌子。最多，也最便宜的是牛肝菌。牛肝菌下来的时候，家家饭馆卖炒牛肝菌，连西南联大食堂的桌子上都可以有一碗。牛肝菌色如牛肝，滑、嫩、鲜、香，很好吃。炒牛肝菌须多放蒜，否则容易使人晕倒。青头菌比牛肝菌略贵。这种菌子炒熟了也还是浅绿色的，格调比牛肝菌高。菌中之王是鸡㙡，味道鲜浓，无可方比。鸡㙡是名贵的山珍，但并不真的贵得惊人，一盘红烧鸡㙡的价钱和一碗黄焖鸡不相上下，因为这东西在云南并不难得。有一个笑话：有人从昆明坐火车到呈贡，在车上看到地上有一棵鸡㙡，他跳下去把鸡㙡捡了，紧赶两步，还能爬上火车。这笑话用意在说明昆明到呈贡的火车之慢，但也说明鸡㙡随处可见。有一种菌子，中吃不中看，叫做干巴菌。乍一看那样子，真叫人怀疑：这种东西也能吃？！颜色深褐带绿，有点像一堆半干的牛粪或一个被踩破了的马蜂窝。里头还有许多草茎、松毛、乱七八糟！可是下点功夫，把草茎松毛择净，撕成蟹腿肉粗细的<u>丝</u>，和青辣椒同炒，入口便会使你张目结舌：这东西这么好吃？！还有一种菌子，中看不中吃，叫鸡油菌。都是一般大小，有一块银圆那样大，的溜圆，颜色浅黄，恰似鸡油一样。这种菌子只能做菜时配色用，没甚味道。

雨季的果子，是杨梅。卖杨梅的都是苗族女孩子，戴一顶小花帽子，穿着扳尖的绣了满帮花的鞋，坐在人家阶石的一角，不时吆唤一声："卖杨梅——"声音娇娇的。她们的声音使得昆明雨季的空气更加柔和了。昆明的杨梅很大，有一个乒乓球那样大，颜色黑红黑红的，叫做"火炭梅"。这个名字起得真好，真是像一球烧得炽红的火炭！一点都不酸！我吃过苏州洞庭山的杨梅、井冈山的杨梅，好像都比不上昆明的火炭梅。

雨季的花是缅桂花。缅桂花即白兰花，北京叫做"把儿兰"（这个名字真不好听）。云南把这种花叫做缅桂花，可能最初这种花是从缅甸传入的，而花的香味又有点像桂花，其实这跟桂花实在没有什么关系。不过话又说回来，别处叫它白兰、把儿兰，它和兰花也挨不上呀，也不过是因为它很香，香得像兰花。我在家乡看到的白兰多是一人高，昆明的缅桂是大树！我在若园巷二号住过，院里有一棵大缅桂，密密的叶子，把四周房间都映绿了。缅桂盛开的时候，房东（是一个五十多岁的寡妇）就和她的一个养女，搭了梯子上去摘，每天要摘下来好些，拿到花市上去卖。她大概是怕房客们乱摘她的花，时常给各家送去一些。有时送来一个七寸盘子，里面摆得满满的缅桂花！带着雨珠的缅桂花使我的心软软的，不是怀人，不是思乡。

雨，有时是会引起人一点淡淡的乡愁的。李商隐的《夜雨寄北》是为许多久客的游子而写的。我有一天在积雨少住的早晨和德熙从联大新校舍到莲花池去。看了池里的满池清水，看了作比丘尼装的陈圆圆的石像（传说陈圆圆随吴三桂到云南后出家，暮年投莲花池而死），雨又下起来了。莲花池边有一条小街，有一个小酒店，我们走进去，要了一碟猪头肉，半市斤酒（装在上了绿釉的土磁杯里），坐了下来。雨下大了。酒店有几只鸡，都把脑袋反插在翅膀下面，一只脚着地，一动也不动地在檐下站着。酒店院子里有一架大木香花。昆明木香花很多，有的小河沿岸都是木香，但是这样大的木香却不多见。一棵木香，爬在架上，把院子遮得严严的，密匝匝的细碎的绿叶，数不清的半开的白花和饱涨的花骨朵，都被雨水淋得湿透了。我们走不了，就这样一直坐到午后。四十年后，我还忘不了那天的情味，写了一首诗：

莲花池外少行人，
野店苔痕一寸深。

　　　浊酒一杯天过午，

　　　木香花湿雨沉沉。

　我想念昆明的雨。

　　　　　　　　　　　　一九八四年五月十九日

下 大 雨

　　雨真大。下得屋顶上起了烟。大雨点落在天井的积水里砸出一个一个丁字泡。我用两手捂着耳朵，又放开，听雨声：呜——哇；呜——哇。下大雨，我常这样听雨玩。

　　雨打得荷花缸里的荷叶东倒西歪。

　　在紫薇花上采蜜的大黑蜂钻进了它的家。它的家是在橡子上用嘴咬出来的圆洞，很深。大黑蜂是一个"人"过的。

　　紫薇花湿透了，然而并不被雨打得七零八落。

　　麻雀躲在檐下，歪着小脑袋。

　　蜻蜓倒吊在树叶的背面。

　　哈，你还在呀！一只乌龟。这只乌龟是我养的。我在龟甲边上钻了一个小洞，用麻绳系住了它，拴在柜橱脚上。有一天，不见了。它不知怎么跑出去了。原来它藏在老墙下面一块断砖的洞里。下大雨，它出来了。它昂起脑袋看雨，慢慢地爬到天井的水里。

载一九九八年第一期《收获》